KB101012

리어 왕
King Lear

리어 왕

초판 1쇄 발행 2014년 11월 20일

지은이 윌리엄 셰익스피어
옮긴이 박상곤
펴낸이 한승수
펴낸곳 온스토리

편 집 고은정 신주식
마케팅 심지훈
디자인 오성민

등록번호 제2013-000037
등록일자 2013년 2월 5일

주 소 서울특별시 마포구 연남동 565-15 지남빌딩 309호
전 화 02 338 0084
팩 스 02 338 0087
E-mail moonchusa@naver.com

ISBN 978-89-98934-25-5 04800

＊책값은 뒤표지에 있습니다.
＊잘못된 책은 구입처에서 교환해드립니다.

온스토리 세계문학 013

리어 왕
King Lear

윌리엄 셰익스피어 지음 · 박상곤 옮김

온스토리
Publishing Company on story

윌리엄 셰익스피어

차례

등장인물

리어 브리튼의 왕

거너릴 리어의 맏딸

리건 리어의 둘째 딸

코딜리어 리어의 막내딸

올버니 공작 거너릴의 남편

콘월 공작 리건의 남편

프랑스 왕 구혼자, 후에 코딜리어의 남편이 됨.

버건디 공작 코딜리어의 구혼자

켄트 백작 후에 카이우스로 변장함.

글로스터 백작

에드거 글로스터의 아들, 나중에 가여운 톰으로 변장함.

에드먼드 글로스터의 서자

노인 글로스터의 소작인

큐런 글로스터의 충복

리어의 광대

오스왈드 거너릴의 집사

신사 리어를 모시는 기사

신사 코딜리어의 종자

콘월의 하인

전령

리어를 모시는 기사들, 다른 시종들, 전령들, 병사들, 하인들, 나팔 부는 사람들

제1막

1막 1장[1]

장면 1

켄트, 글로스터, 에드먼드 등장

켄트 저는 왕께서 콘월 공작보다

올버니 공작을 더 총애하신다고 생각했는데요.

글로스터 우리가 보기에도 그랬지요.

그런데 막상 왕국을 분할하는 상황이 되니

5   어느 공작을 더 총애하시는지 모르겠습니다.

저울에 단 듯이 똑같아서

어느 쪽도 상대의 몫을 선택할 수 없을 테니까요.

켄트 저 친구가 백작님 아드님 아닙니까?

글로스터 먹이고 입히는 건 내가 책임졌죠.

10   내 아들이라고 인정할 때마다 하도 얼굴을 붉히다 보니

이젠 아주 낯가죽이 두꺼워졌습니다.

켄트 무슨 말씀이신지 못 알아듣겠네요.

글로스터 이 녀석의 어미는 내 말을 이해하고[2] 애를 뱄지요.

잠자리를 같이할 남편을 맞기도 전에

15   아들 하나를 요람에 갖게 되었단 말입니다.

---

1) **장소** 영국 왕궁.

2) 영어의 'conceive 이해하다'라는 단어가 '임신하다'라는 뜻으로도 사용되는 것에서 비롯된 말장난.

뭐가 잘못됐는지 눈치채시겠소?

켄트 그런 잘못이 없었기를 바랄 수는 없겠소이다.

어쨌든 저렇게 훌륭한 아들을 두었으니.

글로스터 제게는 적법하게 낳은 아들이 한 놈 더 있습니다.

20   저 애보다 한 살 많은데,

그렇다고 걔를 더 귀여워하는 건 아니지요.

저놈은 주제넘게 세상에 태어났지만

제 어미는 예뻤습니다.

저놈을 만들 때 하도 재미를 봐서

25   사생아이지만 인정 안 할 수가 없었지요.

에드먼드, 이 고귀한 분을 알겠느냐?

에드먼드 모르겠습니다, 아버지.

글로스터 켄트 백작님이시다.

이제부터 내가 존경하는 친구로 기억해 두어라.

30   **에드먼드** 백작님께 인사 올리겠습니다.

켄트 자네를 소중히 여기겠네. 좀 더 친해지세.

에드먼드 기대에 어긋나지 않도록 노력하겠습니다.

글로스터 이놈은 9년이나 외국에 나가 있었는데,

또 나가게 되었습니다.

35   아, 저기 왕께서 오시는군요.

나팔소리. *(작은 화관을 쓴 시종에 이어)* 리어 왕, 콘월, 올버니,

거너릴, 리건, 코딜리어, 시종들 등장

리어 왕 글로스터 공, 프랑스 왕과 버건디 공을 들라 하시오.

글로스터 폐하, 분부대로 하겠습니다.

글로스터와 에드먼드 퇴장

리어 왕 내 숨은 의도를 밝히겠다.

켄트 또는 시종이 리어 왕에게 지도를 건넨다

알다시피 나는 내 왕국을 셋으로 나누어

40 늙은 이 몸의 근심걱정을 모두 털어

젊고 활기 찬 사람들에게 넘겨주고,

그저 홀가분한 몸으로 죽음을 향해 기어갈 작정이다.

내 사위 콘월 공,

그 못지않게 사랑하는 둘째 사위 올버니 공,

45 나는 이제 장래의 싸움을 막기 위해

딸들이 각각 상속받을 재산을 공표하기로 마음을 굳혔다.

막내딸의 사랑을 얻으려고

오랫동안 이 궁정에 머물고 있는 프랑스 왕과 버건디 공작,

두 사람 다 이 자리에서 대답을 듣게 될 것이다.

50 자, 내 딸들아, 말해 다오.

오늘 이 부왕은 통치권도, 영토 소유권도,

정무의 번거로움도 모두 버리려고 하니

너희들 중 누가 나를 가장 사랑하는지 말해 보라.

나에 대한 사랑과 효심이 가장 지극한 사람에게

55 가장 후한 선물을 줄 것이다.

거너릴, 맏딸인 네가 먼저 말해 보거라.

거너릴 아버지, 제 사랑을 어찌 다 말로 표현할 수 있겠습니까.

제 시야보다도, 제가 사는 공간과 자유보다도 사랑하옵고,

값지거나 진귀해서 모두가 소중히 여기는

60　그 무엇보다도 사랑하옵고,

은총과 건강과 아름답고 영예로운 생활보다도 사랑하옵고,

여태껏 자식이 아비에게 바친,

또 아비 된 이가 받은 최고의 사랑으로,

숨을 모자라게 하고, 말을 무력하게 만드는

65　그러한 사랑으로 사랑하옵고,

지금까지 말씀드린 그 전부 이상으로 사랑하옵니다.

코딜리어 코딜리어는 뭐라고 하지?　　　　　　　　　방백

사랑하는 마음만 가지고 잠자코 있자.

리어 왕 내 영토의 이 선에서 여기까지,　　　지도를 가리키며

70　그늘진 수풀과 기름진 평야, 풍요로운 강과 드넓은 목장이

너의 것이 될 것이다.

이 땅은 영원히 너와 올버니의 자손에게 전해지리라.

나의 둘째 딸,

콘월의 아내인 내 사랑하는 리건은 무어라 말하려는고?

75　말해 보라.

리건 제 마음도 언니의 마음과 같사옵니다.

그러니 언니와 같은 값을 매겨 주시옵소서.

언니가 말한 것이 바로 아버지에 대한 저의 사랑입니다.

다만 그것으로는 부족하옵니다.

80　　감히 말씀 올리건대,

　　　가장 귀한 감각이 가질 수 있는 기쁨이라 할지라도

　　　효행 이외의 기쁨은 모두 원수로 생각하옵고,

　　　오직 아버지에 대한 사랑 속에서만

　　　참된 행복을 느끼고 있사옵니다.

85　**코딜리어**　오, 가여운 코딜리어.　　　　　　　　　방백

　　　하지만 사랑이 빈약하지는 않지.

　　　아버지에 대한 나의 사랑이 내 혀보다는 훨씬 무거우니까.

　　　리어 왕　너와 네 자손에게는

　　　이 아름다운 왕국의 삼분의 일을 주겠다.

90　넓이로나, 가치로나, 그 즐거움으로나

　　　거너릴에게 준 것 못지않을 것이다.　　　　　코딜리어를 향해

　　　이제, 막내지만 큰 딸들과 조금도 다를 바 없이

　　　나에게 기쁨을 주는 막내딸!

　　　프랑스 왕은 와인으로, 버건디 공은 우유로

95　너의 젊은 사랑을 얻으려 경쟁을 벌이고 있지.

　　　언니들의 땅보다도 더 크고 비옥한

　　　내 영토의 삼분의 일을 얻기 위하여

　　　너는 무엇이라고 말하려느냐? 어서 말해 보라.

　　　코딜리어　드릴 말씀이 없습니다, 폐하.

100　**리어 왕**　할 말이 없어?

　　　코딜리어　없습니다.

　　　리어 왕　할 말이 없다는 것은 아무것도 받을 수 없다는 뜻.

다시 한 번 말해 보라.

코딜리어 불행하게도 저는 속마음을 입에 올릴 줄 모릅니다.

105 　저는 아버지를 딸 된 도리로 사랑하올 뿐이지

그 이상도, 그 이하도 아니옵니다.

리어 왕 아니, 코딜리어! 어떻게 그런 소리를 하느냐.

다시 말해 보라. 네 행운을 망치지 않으려면.

코딜리어 아바마마,

110 　아버지는 저를 낳아 기르시고 또 사랑해 주셨습니다.

그래서 딸 된 도리로 저는 그 은혜에 보답하려고

아버지께 순종하며 사랑하고 존경하옵니다.

언니들은 아버지만을 사랑한다고 했는데

어찌하여 다들 시집을 갔을까요?

115 　만약 제가 결혼하게 된다면

제 사랑의 맹세를 받으실 저의 주인 될 그분은

제 사랑과 걱정과 책임의 반을 가져가실 것입니다.

저는 언니들처럼 아버지만 사랑하는 그런 결혼은

결코 하지 않을 것입니다.

120 　**리어 왕** 그게 너의 진심이냐?

코딜리어 네, 아버지.

리어 왕 어린 게 어찌 그리 매정하단 말이냐?

코딜리어 비록 어리지만 마음은 진실합니다.

리어 왕 정 그렇다면, 그 진실을 네 결혼 지참금으로 삼아라.

125 　태양의 성스러운 광명과

저승의 여신 헤카테와 밤의 신비,

우리의 존재와 죽음을 관장하는 천체의 운행,

이 모든 것에 맹세하건대,

나는 아비로서의 애정은 물론

130 모든 친족, 혈연관계를 일절 부정하고

이제부터 나와 내 마음 속에서 너를 영원히

아무 관계 없는 남으로 생각하겠노라.

스키타이 야만인,

또는 제 식욕을 채우려고 제 자식을 잡아먹는 놈들조차도,

135 한때 내 딸이었던 너에 비하면 훨씬 더 가깝게 느껴지고,

측은한 마음이 들어 도와 주고 싶다.

켄트 폐하!

리어 왕 조용히 하라, 켄트 백작!

나의 노여움에 끼어들지 말라.

140 나는 그 애를 가장 사랑했기 때문에

그 애의 보살핌을 받으며 여생을 보내리라 생각했거늘.

물러가라, 보기 싫다!　　　　　　　　　　　*코딜리어를 향해*

아비로서 애정을 버린 이상,

이제 무덤만이 나의 안식처로구나! 프랑스 왕을 불러라.

145 뭣들 하느냐?

버건디 공을 불러라. 콘월과 올버니는　　　*시종들 퇴장*

두 딸에게 준 재산에 남은 삼분의 일도 집어넣어라.

그 애는 스스로 솔직함이라고 부르는 오만과 결혼하면 된다.

그대들에게 공동으로,

150 나의 권력과 권위, 왕권에 따르는 모든 명예를 넘겨주고,

그대들이 부양해 줄 백 명의 기사만을 데리고

한 달씩 차례로 그대들의 저택에 머무를 것이다.

나는 오직 왕이라는 칭호와 명예만 가질 뿐,

통치권과 국고수입, 그 외 집행권은

155 사랑하는 사위인 그대들에게 넘길 것이다.

그 증거로서 이 왕관을 두 사람이 나누어 쓰도록 하라.

왕관을 반으로 나누어 두 사람에게 준다

켄트 리어 왕이시여!

국왕 폐하로서 제가 항상 공경하옵고

아버지같이 사랑하였고, 주인으로서 복종하였고,

160 저의 은인으로서 기도할 때마다 행운을 빌었사옵니다.

리어 왕 활시위가 당겨졌으니 화살을 피하라.

켄트 그 화살촉이 제 심장을 찌르더라도

차라리 활을 쏘십시오.

폐하께서 광란하시면 이 켄트도 예를 잃습니다.

165 대체 어쩌시려는 겁니까?

권력이 아부에 굴복할 때,

충절이 겁을 먹고 입을 다물 줄 아셨습니까?

왕의 위엄이 어리석음에 농락당할 때

명예는 정직함을 따라야 합니다.

170 왕위를 보존하시고 신중히 생각하셔서

이 해괴하고 경솔한 처사를 거두십시오.

목숨을 걸고 말씀드리건대,

막내 따님의 효심이 결코 모자라는 것이 아니며,

목소리가 낮아 공허하게 울리지 않는다고 해서

175 결코 마음까지 빈 것은 아니옵니다.

리어 왕 켄트 백작, 목숨이 아깝거든 그 입을 다물라!

켄트 제 목숨은 폐하의 적과 맞서는

일개 졸개에 지나지 않을 뿐,

폐하의 안위를 생각하면

180 목숨을 잃는 것도 두렵지 않습니다.

리어 왕 내 눈앞에서 썩 사라져라!

켄트 잘 보십시오, 폐하.

저를 항상 당신 눈의 진정한 표적이 되도록 허락하소서.

리어 왕 그럼, 아폴로 신에 맹세코—

185 **켄트** 아폴로 신에 맹세코,

폐하의 그 맹세는 부질없사옵니다.

리어 왕 무엄하다! 이 괘씸한 놈!

                                    칼자루에 손을 대거나 켄트를 공격

올버니와 콘월 폐하, 고정하십시오.

켄트 칼을 빼십시오.

190 그래서 의사를 죽이고 더러운 병에 진찰료를 지불하십시오.

상속을 취소하십시오.

그렇지 않으면 폐하의 그릇된 소행을 목청껏 외치겠나이다.

리어 왕 내 말을 들으라, 이 역적!

충성심이 있거든 내 말을 새겨들으라.

195 너는 내 뜻을 거슬러 내 맹세를 깨뜨리려 하였고,

오만불손하게 내 기질과 지위로는 참을 수 없을 만큼

내 권위를 침범하려 하였으니

왕의 권위가 살아 있음을 증명하기 위해서라도

네게 벌을 내리겠다.

200 닷새의 여유를 줄 터이니

세상의 온갖 재해를 피할 수 있도록 준비해라.

그리고 엿새째 너의 그 밉살스런 등을 돌려

나의 왕국을 떠나도록 해라.

만약 그 다음 날

205 추방된 너의 몸뚱이가 나의 영토에서 발견된다면

즉시 사형에 처하겠다. 자, 가거라!

주피터 신에 맹세코,

이 명령을 절대 취소하지 않을 것이다.

켄트 안녕히 계십시오, 폐하.

210 폐하의 뜻이 그러하시니 자유는 나라 밖으로 달아나고

이곳에는 추방만이 남아 있을 뿐입니다.

신의 가호가 있으시기를!   *코딜리어에게*

공주님의 생각은 옳으시며

그지없이 바른 말씀을 하셨습니다.

215 그리고 두 공주님의 훌륭한 말씀이   *거너릴과 리건에게*

실행으로 입증되고
사랑에 찬 말에서 좋은 결과가 있기를 바랍니다.
켄트는 이제 여러분에게 작별을 고하고
새로운 나라에서 이전과 같은 길을 걷겠습니다.　　　　　퇴장

팡파레, 글로스터가 프랑스 왕과 버건디 공과 함께 등장,
시종들 뒤따른다

220　**글로스터** 폐하, 프랑스 왕과 버건디 공을 모셔왔습니다.
　　　리어 왕 버건디 공,
　　　내 막내딸을 두고 프랑스 왕과 경쟁한 경에게 묻겠소.
　　　내 딸의 지참금으로 최소한 얼마를 요구하겠소?
　　　아니면 구혼을 그만두시겠소?
225　**버건디** 지엄하신 국왕 폐하,
　　　저는 폐하께서 하사하신 것 이상 바라지 않사오며,
　　　그 이하일 거라고도 생각지 않습니다.
　　　리어 왕 고귀한 버건디 공,
　　　내 막내딸이 내게 사랑스러운 존재였을 때에는
230　그만한 재산을 줄 만하다고도 생각했소.
　　　그런데 이제 그 아이의 값은 떨어졌소.
　　　그 애가 저기 있소.
　　　저 미미한 몸속에 있는 그 무엇이나 또는 그 전부가,
　　　거기에 내 노여움까지 더하여 경의 마음에 들거든

235   저기 서 있으니 아내로 삼으시오.

버건디 뭐라고 대답해야 할지 모르겠습니다.

리어 왕 결점도 많은 데다 편드는 사람 하나 없고,

거기다 내 노여움까지 사서 저주를 지참금으로 받았으며,

아주 남이 되려고 내가 맹세한 아이를

240   데려가겠소, 아니면 놔두시겠소?

버건디 용서해 주십시오, 폐하.

그런 조건이라면 결단을 내릴 수 없사옵니다.

리어 왕 그렇다면 그만두시오.

조물주에 맹세컨대 이게 저 애의 재산 전부요.

245   위대한 프랑스 왕이시여,   프랑스 왕에게

나는 당신의 깊은 호의를 배반하여

내가 미워하는 딸과 결혼하라고는 말할 수 없소.

그러니 조물주까지도

자신의 자식임을 부끄러워하는 그런 보잘것없는 사람보다는

250   더욱 훌륭한 여성에게 사랑을 돌리도록 하시오.

프랑스 왕 참으로 해괴한 일이옵니다.

조금 전까지 폐하의 지극한 사랑을 받으며

칭찬의 주제가 되고, 연로하신 폐하에게 위안이자,

가장 크고 깊은 사랑을 받던 분이

255   눈 깜짝할 새 겹겹의 총애를 잃을 만큼

대죄를 범했으리라고는 믿을 수가 없습니다.

공주님의 죄는 틀림없이 천륜에 어긋나는 해괴한 것이거나,

아니면

지금까지 폐하께서 공언하신 애정이

260 의심스러운 것이었음에 틀림없습니다.

기적이 일어나지 않는 한,

공주님이 그런 짓을 저질렀다고는

이성만으로는 납득할 수가 없사옵니다.

코딜리어 폐하, 간청하옵니다.

265 저는 입으로 떠들기 전에 실행에 옮깁니다.

그래서 실행은 생각지 않고 말로만 매끄럽고

겉을 꾸미는 기술이 제게는 부족합니다.

그것이 이유라면 말씀해 주십시오.

제가 폐하의 은총과 사랑을 잃은 것은

270 저의 악덕이나 살인, 추잡한 행위,

음란한 소행이나 불명예스러운 태도 때문이 아니라

갈구하는 눈초리나,

제가 갖지 않아서 참으로 다행이라 여기는

달콤한 혀가 없어서라는 것을요.

275 차라리 없는 편이 저를 더욱 풍요롭게 만들어 줍니다.

리어 왕 나를 그 이상으로 더 기쁘게 못해 주느니

너 같은 것은 차라리 이 세상에 태어나지 말았어야 했다.

프랑스 왕 단지 그것 때문입니까?

마음은 있어도 일일이 말하지 않고 그대로 내버려 두는

280 그런 천성 때문입니까?

버건디 공,

공주님께 뭐라고 말씀하시겠습니까?

본질에서 벗어나 하찮은 말에 얽매인다면

그 사랑은 사랑이 아닙니다.

285   공주님과 결혼하시겠습니까?

공주님의 지참금은 자기 자신입니다.

버건디 국왕 폐하,

폐하께서 제안하신 몫만이라도 주십시오.

그러면 이 자리에서   코딜리어 공주의 손을 잡고

290   버건디 공작 부인으로 맞겠습니다.

리어 왕 아무것도 줄 수 없소.

난 맹세를 했고, 내 결심은 확고하오.

버건디 유감이오.   코딜리어에게

이제 공주님은 아버지를 잃었으니

295   남편까지 잃으실 수밖에요.

코딜리어 버건디 공작, 걱정 마십시오.

재산과 지위를 염두에 둔 애정이라면

나는 당신의 아내가 되고 싶지 않습니다.

프랑스 왕 아름다운 코딜리어 공주님!

300   아무것도 없지만 더없이 넉넉하고,

버림받았지만 더없이 훌륭하고,

멸시를 당했지만 더욱 사랑스러운 공주님!

저는 이 자리에서 그대와 그대의 미덕을 손에 넣었습니다.

버려진 것을 줍는 일은 합법적일 것입니다.

코딜리어의 손을 잡으며

305 아, 신들이시여! 참으로 기이한 일입니다.

모두들 차갑게 멸시하는데도

저의 사랑은 존경심으로 불타오르다니요.

폐하, 운 좋게 내게 온 무일푼의 공주님을

저와 제 나라 아름다운 프랑스의 왕비로 맞이하겠습니다.

310 물 많은3) 버건디 공작이 아무리 여럿 달려들어도

비할 데 없이 소중한 이 여인을

내게서 사가지 못할 것입니다.

코딜리어, 인정 없는 사람들이기는 하지만

어서 작별인사를 하시오.

315 이곳을 잃은 대신 더 좋은 곳을 얻은 것이오.

리어 왕 프랑스 왕이여,

저 애를 맡아서 당신 것으로 만드시오.

나에게는 저런 딸이 없으며

다시는 얼굴조차 보고 싶지 않소.

320 그러니 어서 떠나시오.

나는 어떤 은총도 사랑도 축복도 내릴 수 없소.

자, 갑시다, 버건디 공.

나팔 소리, 전원 퇴장(프랑스 왕과 언니들만 남음)

---

3) 물(강)이 많은 것과 인정이 없는 것, 모두를 뜻한다.

프랑스 왕 언니들에게 작별 인사를 하시오.

코딜리어 아버지의 보물인 언니들,

325 코딜리어는 눈물을 흘리며 떠나요.

저는 언니들의 인품을 잘 알고 있어요.

하지만 언니들의 결점을 차마 입에 올리기는 싫어요.

아버지를 잘 보살펴 주세요,

언니들이 말씀한 그 사랑을 믿고

330 아버지를 언니들에게 맡기겠어요.

하지만, 아아, 내가 아버지의 사랑을 받고 있다면

좀 더 좋은 곳에 아버지를 모셨을 것을.

그럼 언니들, 안녕히 계세요.

리건 우리가 할 일을 네가 뭐라 말할 필요는 없다.

335 **거너릴** 그보다 네 남편이나 기쁘게 해 드려라.

저분의 자선행위 덕분에 구제되었으니.

너에게 부족한 것은 복종심이야.

그러니 네가 당한 이 곤경도 당연한 결과 아니겠니.

코딜리어 때가 되면 아무리 겹겹이 싸인 술책도 드러나고,

340 감춰진 허물은 결국 창피를 당할 거예요.

안녕히 계세요.

프랑스 왕 자, 갑시다, 코딜리어 공주.

　　　　　　　　　　　　　프랑스 왕과 코딜리어 퇴장

거너릴 동생아, 너한테 일러둘 이야기가 많다.

우리 둘과 관련된 일이야.

345 내 생각엔 아버지가 오늘 밤 이곳을 떠나실 것 같구나.

리건 그건 분명해요. 언니한테 가겠죠.

다음 달에는 우리 집에 오실 거고.

거너릴 너도 봤겠지만 아버지가 너무 늙으셔서

변덕이 심하시다.

350 우리 눈으로 본 것만도 적지 않지.

아버지는 막내를 가장 사랑하셨는데,

이렇다 할 이유도 없이 경솔하게 그 애를 내쫓아 버렸잖니.

리건 늙어서 망령이 나신 거죠.

하긴, 아버지는 지금까지

355 자신의 처지에 관해서 잘 모르고 사신걸요.

거너릴 팔팔했던 시절에도 성정이 불같으셨지.

이제는 늙으셨으니 오랫동안 몸에 밴

기질적인 결함뿐 아니라

쇠약함과 급한 성미가 몰고 올 걷잡을 수 없는 망령도

360 각오하지 않으면 안 돼.

리건 켄트 공을 추방할 때처럼

아버지의 심술궂은 망령이

우리한테 벼락처럼 떨어질지도 몰라요.

거너릴 프랑스 왕과 아버지의 작별 인사가 아직 남아 있어.

365 아무쪼록 우리 서로 마음을 합쳐야겠다.

만약 아버지께서 지금같이 권력을 휘두르신다면,

유산으로 주신 영토도 우리에게는 해가 될 것이야.

리건 좀 더 신중히 생각해 보도록 해요.

거너릴 무슨 수를 내야 돼. 그것도 되도록 빨리.

두 사람 퇴장

1막 2장4)

장면 2

사생아(에드먼드) 등장   편지를 들고

에드먼드 자연이여, 나의 여신이여.

나는 너의 법칙에만 따르겠다.

대체 무엇 때문에 역병과도 같은 관습에 얽매여

나의 상속권을 복잡한 국법에 빼앗겨야만 하는가?

5   형보다 열두 달, 또는 열네 달쯤 늦게 태어났기 때문이냐?

왜 사생아란 말이냐? 왜 천하다는 거야?

깨끗한 정실부인의 자식 못지않게 나의 육체는 균형이 잡히고,

정신은 고귀하며, 모습도 똑같지 않은가?

왜 나에게 사생아라는 낙인을 찍는 거지?

10   어째서 비천하냐고? 사생아? 천하다고?

남의 눈을 속여 가며

---
4) **장소** 글로스터 백작의 저택.

자연의 욕망에 못 이겨 생겨난 우리야말로

더 많은 생명의 요소와 강건한 에너지로 충만한 게 아닌가?

재미없고 시들해 빠진 고단한 침대 속에서,

15 자는지 깼는지 모르는 사이에 생기는

이 세상의 바보들과는 다르단 말이지!

그렇다면 적자인 에드거 형이여!

나는 당신의 영지를 가져야만 되겠소.

아버지의 사랑은 서자나, 적자나 모두 같을 것이다.

20 적자라니, 참으로 좋은 말이지!

그런데 적자 에드거 형,

이 편지대로 일이 잘되고

내 계획이 성공만 한다면,

서자 에드먼드가 적자의 자리를 차지하게 될 것이다.

25 나는 발전하고 성공하리라!

그러니 신들이시여, 서자의 편을 들어 주소서!

글로스터 등장

글로스터 켄트 백작이 추방을 당해?

프랑스 왕도 성이 나서 떠나 버리고?

폐하께서도 오늘 밤에 가셨고?

30 왕권을 이양하시고

일정한 생활비만을 받게 되셨다고?

이 모든 일들이 순식간에 일어났다니!

에드먼드, 뭐냐? 무슨 소식이 왔느냐?

에드먼드 아버지, 아무것도 아닙니다.   *편지를 숨기며*

35 **글로스터** 무엇 때문에 편지를 감추려고 애쓰느냐?

에드먼드 아무 일도 아닙니다. 아버지.

글로스터 무슨 편지를 읽고 있었느냐?

에드먼드 아무것도 아닙니다.

글로스터 아무것도 아니라고?

40 그럼 왜 정신없이 그걸 주머니에 집어넣은 거지?

아무것도 아니라면

그렇게 당황하여 숨길 필요가 없지 않느냐? 어디 보자.

아무것도 아니라면 안경을 쓸 필요도 없겠구나.

에드먼드 아버지, 용서하십시오.

45 이건 형한테서 온 편지입니다.

다 읽지는 않았지만, 제가 잠깐 읽어본 바로는

아버지께서는 보시지 않는 편이 좋을 듯하옵니다.

글로스터 편지를 이리 내라.

에드먼드 드리든 안 드리든 역정을 내실 텐데,

50 제가 잠깐 보니 내용이 썩 좋지 않습니다.

글로스터 어디 좀 보자, 어디 봐.   *에드먼드, 편지를 건넨다*

에드먼드 형을 감싸는 건 아니지만,

아마 형이 저를 떠보기 위해 이 편지를 쓴 것 같습니다.

글로스터 '노인을 공경해야 한다는   *편지 읽는다*

55   이 정책 때문에 우리 삶의 가장 좋은 시절이 괴롭기만 하다.

우리의 재산은 묶여 있기 때문에 양도받았을 때는

이미 늙어서 그것을 누릴 수도 없게 된다.

노인들의 횡포가 헛되고 어리석은 속박이라는 생각이 든다.

그들이 지배하는 것은 힘이 있어서가 아니라

60   우리가 굴복하고 있기 때문이다.

내게 와라. 이 일에 대해 좀 더 이야기해 보자.

아버지께서 내가 깨울 때까지 잠들어 계시면

너는 아버지 수입의 반을 영원히 차지할 수 있고,

내 사랑을 받으며 살 것이다. 에드거.'

65   흠, 음모로다!

'깨울 때까지 잠들어 계시면

아버지 수입의 반을 영원히 차지할 수 있다.'

내 아들 에드거? 그놈이 제 손으로 이것을 썼을까?

이런 일을 꾸밀 마음과 머리가 있었던가?

70   이 편지가 언제 왔느냐? 누가 가지고 왔어?

에드먼드 누가 가져온 것이 아닙니다, 아버지.

그게 교묘하지요.

제 방 창 안으로 던져진 것을 제가 발견했습니다.

글로스터 이것이 네 형의 필체라는 걸 알지?

75   **에드먼드** 좋은 내용이라면

형의 필체라고 단언하고 싶습니다만,

내용을 보면 그렇지 않다고 하고 싶습니다.

글로스터 이것은 네 형이 썼다.

에드먼드 형의 글씨이긴 합니다만,

형의 본심이 편지 내용과 다르길 바랄 뿐입니다.

글로스터 형이 전에도 이런 일로 너를 떠본 적이 있느냐?

에드먼드 없었습니다만, 간혹 이런 말을 한 적은 있습니다.

아들이 성년이 되고 부친이 노쇠하면,

부친은 아들의 보호를 받아야 하고

아들이 돈 관리를 해야 한다고 말입니다.

글로스터 아, 이런 악당 같은 놈!

이 편지의 내용도 꼭 그렇구나!

흉악하기 그지없는 악당 같으니라고!

무도하고 흉측한 짐승! 짐승보다 못한 놈!

에드먼드, 그놈을 찾아내라. 그놈을 잡아야겠다.

흉측한 놈 같으니! 그놈은 어디 있느냐?

에드먼드 잘 모르겠습니다, 아버지.

형에 대한 노여움을 참으시고

형의 본심을 파악할 더 확실한 증거를 찾는 게

좋지 않을까요?

그것이 안전한 길일 것입니다.

반대로 형의 뜻을 오해하시어 과격한 조치를 취하신다면

아버지 명예에 크게 흠이 가고

형의 복종심은 산산조각이 나게 될 것입니다.

형을 위해 목숨 걸고 말씀드리건대,

형은 아버지에 대한 제 효심을 시험하고자 이것을 쓴 것이지,

다른 위험한 의도가 있는 것은 아닐 것입니다.

글로스터 그렇게 생각하느냐?

에드먼드 아버지께서 찬성하신다면, 이 문제에 대해

105 저희 형제가 의논하는 것을 들으실 수 있는 곳으로

아버지를 모시겠습니다.

그러면 직접 확인하실 수 있으시겠지요.

더 지체할 것도 없이 오늘 밤이 어떨까요?

글로스터 그놈이 그런 괴물일 리가 없다.

110 에드먼드, 그놈을 찾아라.

에드먼드 확실히 그럴 리가 없습니다.

글로스터 그렇게 다정히, 오로지 저를 사랑하는 아비한테.

오, 천지신명이여!

115 그놈의 속셈을 알아내 다오. 너만 믿는다.

네 재주껏 방법을 찾아봐라.

내 지위와 재산을 포기하더라도

확실한 진상을 알아야겠다.

에드먼드 형을 곧 찾겠습니다. 그리고 무슨 수단을 써서라도

120 진상을 알아내어 아버지께 알려드리겠습니다.

글로스터 최근 일어난 일식과 월식이 바로 불길한 징조야.

자연의 이치를 아는 사람들은 이러쿵저러쿵 말을 하지만,

자연은 잇달아 일어나는 사건에 의해 <u>스스로</u> 벌을 받는다.

사랑은 식고, 우정은 금이 가며, 형제는 불화하고,

125   도시에는 폭동, 시골에는 반목, 궁정에는 반역이 일어나지.

결국 부자간의 인연은 끊어져 버렸구나.

내 악당 자식 놈도 예언대로 된 거야.

아들은 아비에게 반목하고

왕은 자연의 정도를 벗어나며,

130   아비는 자식에게 등을 돌리는 경우지.

정말 말세로다. 음모와 경박함, 반역,

그리고 만물을 파괴하는 혼란이

우리의 마음을 뒤흔들고 무덤까지 쫓아오는구나.

에드먼드, 그 악당 놈을 찾아와라.

135   네가 손해 보는 일은 없을 거다. 조심해라.

그런데, 고결하고 정직한 켄트 백작이 추방당하다니!

그에게 죄가 있다면 정직하다는 것뿐.

참으로 해괴하도다!   퇴장

에드먼드 세상은 우습기도 하지.

140   우리가 불운에 빠졌을 때,

종종 우리의 행동이 몹시 방탕해서 그리된 것이거늘,

자신의 재난을 태양이나 달이나 별 탓으로 돌리다니.

마치 우리가 어쩔 수 없이 악한이 되고

천체의 힘 때문에 바보가 된 것처럼 말이지.

145   악한도 도둑도 역적도 모두 별 탓이고,

주정꾼도 거짓말쟁이도 간통범도

행성의 힘에 억지로 굴복한 때문이며,

우리가 나쁜 것은 신의 명령 때문이라고 한다.

음탕한 인간이 자신의 음탕한 성질을 별 때문이라고 하니

150 참으로 기가 막힐 변명이로다!

우리 아버지와 어머니는 용자리의 꼬리 아래서 만났기 때문에5)

나는 큰곰자리 아래서 태어났고,

그래서 내 성정이 그렇게 사납고 음탕하단 말이지?

그러나 이 사생아가 태어날 때

155 하늘에서 가장 순결한 별이 빛나고 있었더라도,

나는 지금과 조금도 다르지 않을 것이다.

에드거 등장

옛 희극의 파국 장면처럼 때맞춰 잘 왔다.

내 역할은

지독한 우울증에 걸린 베드럼의 톰6)처럼 한숨짓는 것이다.

160 아, 그 일식과 월식이 모든 불화의 전조였구나.

파, 솔, 라, 미.7)

에드거 왜 그러니, 에드먼드!

---

5) 사악한 기운을 받았다는 뜻이다.

6) 런던에 있는 베들레헴 정신병원의 미친 남자. 당시 미친 거지들을 일컬어 톰이라
고 부르기도 했다.

7) 문장에서 'divisions 불화'라는 단어는 음악에서 음계를 구분하는 의미로도 사용
되는데, 여기서는 에드거가 다가오는 것을 모르는 체하면서 혼잣말을 하는 것처
럼 보이려는 장면이다.

뭘 그리 심각하게 생각하느냐?

에드먼드 형님, 전 지금 일식과 월식 뒤에 일어나는 일에 대해
165 요전날 읽은 예언을 생각하고 있어요.

에드거 그런 일에 신경을 쓰는 거냐?

에드먼드 형님께 말씀드리지만,

불행히도 예언에 나와 있는 일이

그대로 일어나고 있습니다.

170 이를테면 자식과 부모 사이의 불화,

죽음과 기근, 오랜 우정의 파괴,

나라 안의 분열, 왕과 귀족에 대한 협박과 저주,

불필요한 의심, 친구의 추방, 군대 안의 반란,

파혼 그리고 제가 알지 못하는 것들까지요.

175 **에드거** 점성술에 혹하게 된 게 언제부터냐?

에드먼드 자, 그건 그렇고.

마지막으로 아버지를 뵌 것은 언제입니까?

에드거 어젯밤에.

에드먼드 이야기를 나누셨나요?

180 **에드거** 그래, 두 시간쯤.

에드먼드 기분 좋게 헤어지셨나요?

아버지의 말씀이나 안색에서 언짢은 기미는 없으시던가요?

에드거 전혀 없었는데.

에드먼드 혹시 아버지의 기분을 상하게 하지는 않았는지

185 잘 생각해 보세요.

그리고 형님을 위해 말씀드리는데,

아버지의 화가 누그러들 때까지 잠시 피해 계세요.

지금 화가 머리끝까지 치밀어 오르셔서

형님 몸에 위해를 가하는 정도로는

190 　아버지 화가 가라앉지 않으실 거예요.

에드거 　어떤 빌어먹을 놈이 나를 모함했구나!

에드먼드 　저도 그렇게 생각합니다.

제발 아버지의 노여움이 풀릴 때까지

꾹 참고 기다리세요.

195 　아무튼 제 방으로 가시지요.

적당한 때를 봐서 아버지의 말씀을

듣게 해 드릴 테니까요. 자, 가시지요.

열쇠가 여기 있습니다. 　　　　　　　　　　*열쇠를 주며*

그리고 외출할 때는 무기를 잊지 마세요.

200 　**에드거** 　무기를 갖고 다니라고?

에드먼드 　형님, 저는 형님을 위해서 드리는 말입니다.

솔직히 형님께 호의를 품은 사람은 아무도 없어요.

저는 보고 들은 것을 말씀드리는 겁니다.

전 대강 얘기했을 뿐이지만

205 　이 사실의 무서운 진상은 도저히 입에 올릴 수가 없습니다.

어서 가세요.

에드거 　곧 소식을 전해 줄 거지? 　　　　　　　　　*퇴장*

에드먼드 　이번 일에 형님에게 힘이 되어 드리겠습니다.

남의 말을 잘 믿는 아버지와

210 곱게 자라서 남을 해칠 줄 모르는 형님.

남을 의심할 줄도 모르지.

그 어리석은 순진함 때문에

내 계획이 착착 진행되는구나.

이제 갈 길이 보인다.

215 출신 때문에 갖지 못한다면 꾀를 내서라도 받아야지.

목적을 위해서라면 모든 걸 가리지 않을 거야.　　　　퇴장

1막 3장8)

장면 3

거너릴과 집사 오스왈드 등장

거너릴 바보 광대를 나무랐다는 이유로

아버지가 내 기사를 때렸단 말이지?

오스왈드 네, 마님.

거너릴 밤낮으로 날 괴롭히시는군.

5 시시각각 이래저래 엉뚱한 일을 저지르시니

집안이 온통 난장판이야. 더 이상 못 참겠어.

---

8) **장소** 거너릴과 올버니 공작의 궁.

아버지의 기사들이 점점 더 난폭해지고

아버지도 사사건건 꼬투리를 잡아 우리를 나무란단 말이야.

사냥에서 돌아와도 나는 말을 하지 않을 테니,

10　아프다고 전해라.

네가 전보다 임무를 소홀히 한다면, 그게 잘하는 일이다.

모든 책임은 내가 지겠다.

오스왈드　노왕께서 오십니다, 마님.

소리가 들립니다.　　　　　　　　　　　안쪽에서 뿔나팔 소리

15　**거너릴**　되도록 한껏 게으르고 태만하게 굴어라.

너와 네 동료들 모두 말야.

한바탕 말썽이 났으면 좋겠다.

그게 싫으면 동생한테 가겠지.

하지만 지배받지 않겠다는 생각은

20　동생도 나랑 같을걸.

쓸모없는 노인네, 권력을 다 주고 나서

아직도 권력을 부리겠다니 말이야!

내 목숨을 걸고 얘기하는데,

멍청한 늙은이는 다시 애가 된다고.

25　그릇된 길로 가면

아첨 대신 꾸짖어서 다뤄야 한다는 말이지.

내가 말한 것을 기억해 둬라.

오스왈드　알겠습니다, 마님.

거너릴　그리고 아버지의 기사들에게도 냉랭하게 대해라.

30   무슨 일이 일어나도 상관없으니까.

      동료들한테도 그렇게 이르고.

      동생에게 당장 편지를 보내 행동을 같이하도록 해야겠다.

      저녁 준비를 하거라.   모두 퇴장

1막 4장9)
장면 3장에서 이어짐

      켄트 등장   변장한 모습

      켄트 여기다 다른 사람의 억양을 빌려

      내 말투를 감출 수만 있다면

      이렇게 내 본색을 감춘 선한 목적을

      충분히 이룰 수 있을 텐데.

5   그런데 추방된 켄트여,

      너에게 벌을 준 그분을 네가 잘 모실 수만 있다면

      언젠가는 네가 공경하는 주군도

      네가 충실한 부하임을 알게 될 것이다.

      안쪽에서 뿔나팔소리

---

9) **장소** 거너릴과 올버니 공작의 궁.

기사와 여러 시종(기사)들을 데리고 리어 왕 등장

리어 왕 지체하지 말고 당장 저녁을 차려라.

10 어서 가서 준비하라.   *기사 한 사람 퇴장*

이봐라, 넌 누구냐?   *켄트에게*

켄트 그저 한 사람입니다.

리어 왕 네 직업이 무엇이냐?

내게 무슨 볼일이라도 있는가?

15 **켄트** 저는 보시는 바와 같이 사람인데,

저를 믿어 주시는 분을 충직하게 모시고,

정직한 분을 사랑하며

현명하고 말수가 적은 분과 사귀며,

하늘의 심판을 두려워하고,

20 부득이한 경우에는 단호히 싸웁니다.

그리고 생선을 먹지 않습니다. 10)

리어 왕 대체 너는 누구냐?

켄트 아주 정직한 사람입니다.

그리고 왕만큼이나 가난합니다.

25 **리어 왕** 백성된 자로서 왕만큼이나 가난하다면

넌 정말 가난한 신세구나.

그래 원하는 것이 무엇이냐?

---

10) 로마 가톨릭 교도들은 금요일에는 생선을 먹지 않는데, 본인이 충실한 신교라는
것을 강조한 것이다.

켄트 섬기고 싶습니다.

리어 왕 누구를 섬기고 싶단 말이냐?

30 **켄트** 당신이옵니다.

리어 왕 나를 아느냐?

켄트 아닙니다. 하지만 당신의 얼굴에는

제가 주군이라 부르고 싶은 그 무엇이 있습니다.

리어 왕 그것이 무엇이냐?

35 **켄트** 위엄입니다.

리어 왕 너는 무슨 일을 할 수 있느냐?

켄트 충직하게 비밀을 지킬 수 있습니다.

그리고 말을 타고, 달릴 수도 있으며,

허튼 소리는 지껄이는 동안 깨우치며,

40 가식 없는 전갈은 그대로 솔직하게 전합니다.

보통 인간이 할 수 있는 일이면 무엇이든 합니다.

저의 최대 장점은 부지런하다는 것입니다.

리어 왕 몇 살인고?

켄트 노래하는 여자를 사랑할 만큼 젊지도 않으며

45 무작정 여자에게 빠져들 만큼 늙지도 않았습니다.

등에 마흔여덟 해를 지고 있습니다.

리어 왕 따라오너라. 나를 위해 일하게 해 주마.

식사 후에도 마음에 든다면 너를 내치지는 않겠다.

식사는, 식사는 어떻게 되었느냐?

50 시종은 어디 있지? 광대는?

네가 가서 광대를 데려오너라.　　　　　*기사 한 사람 퇴장*

오스왈드 등장

여봐라, 내 딸은 어디 있지?
오스왈드　황송하옵니다만.　　　　　　　　*퇴장*
리어 왕　저놈이 뭐라는 거냐?
55　저 얼간이를 다시 불러오너라.　　　*또 다른 기사 퇴장*
광대는 어디 있느냐?
허어, 세상이 다 잠든 것 같구나.　　　　*기사 다시 등장*
어찌 됐느냐? 그 개 같은 놈은 어디 간 게냐?
기사　그놈 말로는 따님께서 몸이 좋지 않다고 합니다.
60　**리어 왕**　내가 불렀는데
그 종놈은 왜 오지 않느냐?
기사　폐하, 그놈은 무례하기 짝이 없는 태도로
오지 않겠다고 말했습니다.
리어 왕　오지 않겠다고?
65　**기사**　그렇습니다, 폐하.
연유는 잘 모르겠습니다만
제 판단으로는 폐하를 대하는 애정과 태도가
예전 같지 않사옵니다.
이 댁 하인들만이 아니라
70　공작 자신과 폐하의 따님까지도

친절함이 눈에 띄게 떨어진 듯합니다.

리어 왕 허? 그렇게 보인단 말이지?

기사 폐하, 제가 잘못 생각한 것이라면

부디 용서하시옵소서.

75 그러나 폐하께서 부당한 대우를 받는 걸 보고

침묵할 수 없는 게 제 의무입니다.

리어 왕 아니다. 너는 내 생각을 확실하게 해 주었다.

나도 요즘 어렴풋이 푸대접을 받고 있다고 느꼈다.

그것이 무슨 다른 의도나 목적이 있어서라기보다

80 내가 너무 까다로워서 그런 것이라고

오히려 내 자신을 탓했다.

이 문제를 더 알아보기로 하자.

그런데 내 광대는 어디 있느냐?

이틀 동안이나 보지 못했는데.

85 **기사** 막내 공주님이 프랑스로 떠난 이후,

광대가 몹시 풀이 죽었습니다.

리어 왕 그 얘긴 그만두어라. 나도 잘 알고 있으니.

당장 내 딸에게 가서 내가 할 말이 있다고 전해라.

기사 한 사람 퇴장

너는 가서 광대를 불러오고. *다른 기사 퇴장*

오스왈드 등장

90   아, 자네, 이리 좀 와 보게.

자네는 내가 누구라고 생각하는가?

오스왈드 주인마님의 아버지이지요.

리어 왕 주인마님의 아버지? 이런 공작의 종놈 같으니라고.

이 후레자식아! 노예! 개 같은 놈!

95   **오스왈드** 저는 그런 사람이 아닙니다. 용서하십시오.

리어 왕 어디서 눈을 똑바로 뜨느냐? 고얀 놈!

오스왈드를 때린다

오스왈드 그냥 맞고만 있지는 않을 겁니다, 폐하.

켄트 이래도 안 넘어갈 줄 알고?   발을 걸어 넘어뜨린다

천박한 운동이나 하는 놈.

100   **리어 왕** 고맙다. 나를 위해서 그렇게 해 주다니.

신세를 잊지 않겠다.

켄트 자, 일어나. 꺼져 버려!

네 처지를 가르쳐 주지. 썩 꺼져!

또다시 그 쓸모없는 몸뚱이로 바닥을 기고 싶거든 남고,

105   아니면 당장 꺼져 버려!

이놈아, 상황을 모르겠느냐? 그렇지.   오스왈드를 밀어낸다

리어 왕 그래, 넌 나의 편이다. 고맙구나.

너의 봉사에 대한 선금이다.   돈을 주며

광대 등장

광대 나도 그 사람 좀 씁시다. *켄트에게 모자를 건네며*

110 여기 내 수탉 모자11) 받아라.

리어 왕 자, 똑똑한 친구, 기분이 어떠냐?

광대 이봐, 내 수탉 모자를 쓰는 게 좋을 거야. *켄트에게*

리어 왕 이놈아, 왜 그러는 게냐?

광대 왜냐고? 모든 힘을 잃은 사람의 편을 드니까 그렇지.

115 바람 부는 대로 따라가지 않으면 곧 감기에 걸리는 법.

그러니 내 모자를 써.

이 사람은 딸 둘을 내쫓고

셋째 딸에는 마음에도 없는 축복을 내렸어.

이런 사람 밑에 있으려면 이 모자를 써야만 할 걸?

120 어때요, 아저씨? *리어에게*

내게 수탉 모자 두 개와 딸도 둘 있었으면 좋으련만.

리어 왕 왜 이놈아?

광대 재산은 딸들에게 몽땅 내주어도

수탉 모자는 내가 가질 수 있으니까.

125 모자는 내 거야. 딸들에게 다른 것을 구걸해 보라고.

리어 왕 말조심해, 이놈아. 그러다 맞는다.

광대 진실은 개집으로 가야 해.

그놈은 실컷 매를 맞고 내쫓겨야 한다니까.

암캐 마님은 난로 옆에서 고약한 냄새를 피우고 있는데.

---

11) coxcomb 꼭대기가 수탉의 볏같이 생긴 광대의 모자.

130 **리어 왕** 정말 짜증나는구나!

광대 이봐, 내가 노래 하나 가르쳐 드리지.

리어 왕 어디 해 봐라.

광대 잘 들어봐, 아저씨.

"가진 돈을 전부 보이지 말고, 　　　　　　　　　　*노래한다*

135 아는 것을 전부 말하지 말고,

가진 돈 이상으로 빌려주지 말고,

뚜벅뚜벅 걷지 말고 말을 타고,

믿는 것보다 더 많이 알 것 없고,

가진 걸 내기에 몽땅 걸지 말고,

140 술과 계집을 다 버리고

집에 들어앉으면

스물의 이십 배보다

더 많은 이익을 챙기리."

켄트 아무 뜻도 없잖아. 이 바보야.

145 **광대** 그렇다면 이건

공짜로 변호해 주는 변호사의 진술 같은 거네. 　　　*리어에게*

나는 아무것도 받지 않았으니.

아저씨, 無무에서 有유를 만들 수 있어요?

리어 왕 아니지, 무에서는 무밖에 나올 게 없지.

150 **광대** 제발 이 사람에게 말해 줘.

이 사람의 땅도 마찬가지라고. 　　　　　　　　*켄트에게*

이 사람은 광대의 말은 믿지 않아.

리어 왕 쓴 말만 하는 바보로군!

광대 쓴 말을 하는 광대와

155 달콤한 말을 하는 바보의 차이를 알아?

리어 왕 아니, 모르겠는데. 알려 다오.

광대 당신의 땅을 물려주라고 권유한 그 양반을

내 곁으로 데려와서 당신이 그 역을 대신해 봐.

달콤한 바보와 신랄한 바보가 당장 나타날 거야.

160 얼룩 옷 입은 바보가 여기 있고, 또 하나는 저쪽에 있지.

리어 왕 이놈아, 나를 바보라 하는 것이냐?

광대 다른 이름은 죄다 줘 버렸잖아.

그건 날 때부터 가진 거고.

켄트 이놈이 아주 바보는 아닙니다, 폐하.

165 **광대** 사실 그래. 귀족들과 높은 사람들이 날 놔두지 않겠지.

나 혼자 바보 노릇을 독점하면, 나눠 달라고 야단날걸.

부인네들도 그래.

나 혼자 바보 노릇하게 내버려두지 않는단 말이지.

빼앗아갈 거라고.

170 아저씨, 나에게 달걀 하나를 주면

내가 두 개의 왕관을 줄게.

리어 왕 두 개의 왕관이라니, 무슨 말이냐?

광대 그야 달걀 가운데를 쪼개서 속을 먹어 버리면

관이 두 개가 남잖아?

175 당신은 자기 왕관을 둘로 갈라 모두 줘 버렸지.

덕분에 당나귀를 업고 진흙길을 걷는 거야.

황금 관을 줘 버렸으니,

당신 대머리 관에는 지혜가 거의 남아 있지 않지.

내 말이 바보 같다면,

180 맨 처음 그렇게 생각한 놈이 매를 맞아야 해.

　"올해는 바보가 손해 보는 해,　　　　　　　**노래한다**

　지혜로운 사람이 바보가 되어

　지혜를 전혀 쓸 줄 모르니

　하는 짓이라고는 그저 어리석을 뿐."

185 **리어 왕** 이봐, 언제부터 노래를 그렇게 많이 불렀어?

광대 아저씨가 딸들에게

당신 어머니 노릇을 하게 했을 때부터 연습했지.

그리고 아저씨가 딸들에게 회초리를 쥐어 주고서

바지를 끌어 내렸으니까.

190 　"그들은 별안간 기뻐서 울고　　　　　　　**노래한다**

　나는 슬퍼서 노래를 불렀지,

　왕이 바보들 사이에 끼어서

　술래잡기 놀이를 하게 되었다고."

아저씨, 이 광대에게 거짓말 가르쳐 줄 선생을 만들어 줘.

195 거짓말을 배우고 싶어.

리어 왕 너 거짓말 하면 매 맞는다.

광대 당신과 당신 딸들의 관계가 궁금해.

그들은 내가 진실을 말하면 때리려고 하고,

아저씨는 내가 거짓말을 하면 때리겠다고 하거든.

200 또 내가 말을 하지 않는다는 이유로 또 맞아야 하지.

난 다시는 절대 광대바보 노릇은 안 할 테야.

그렇다고 아저씨처럼 되기도 싫어.

아저씨는 지혜의 양쪽 껍질을 벗겨 버려서

가운데는 아무것도 남아 있지 않아.

205 저기 반쪽이 오네.

거너릴 등장

리어 왕 애야, 어째서 그렇게 얼굴을 찌푸리고 있는 게냐?

요즘 걸핏하면 얼굴을 찌푸리는구나.

광대 딸이 얼굴을 찌푸려도 상관할 필요가 없을 때는

아저씨도 괜찮은 사람이었는데.

210 이젠 가치 없는 숫자 영이 돼 버렸어.

내가 아저씨보다 낫지.

나는 광대지만 당신은 아무것도 아니니까.

알겠어요. 쉬쉬, 입을 다물지요.   *거너릴에게*

말씀 안 하셔도 얼굴에 그렇게 쓰여 있네요.

215   "흠, 흠.   *노래한다*

싫증이 난다고 빵 속과 껍질을

다 버리면 허기진다."

저건 알맹이 없는 콩깍지라고요.   *리어를 가리키며*

거너릴 아버지, 모든 직언이 허용된

220 이 바보뿐만이 아니에요.

아버지가 데리고 계신 그 밖의 오만방자한 시종들도

툭하면 트집을 잡고 구실을 만들어 싸워 대니

이 난폭하고 망측한 소동을 참을 수가 없습니다.

사실 아버지께 말씀드려서

225 안전한 조치를 취해야겠다고 생각했었습니다.

그런데 요즘 아버지의 최근 언동을 보면

아버지는 그러한 행동을 감싸고 시인하실 뿐만 아니라

더욱 부추기는 듯합니다.

만약 이것이 사실이라면

230 그 잘못은 비난을 면치 못하고 벌도 방치하진 않을 겁니다.

나라의 안녕을 위해 바로잡을 수단을 쓰면

아버지께서 화를 내시더라도

다른 때라면 집안의 수치가 될지 모르나,

이 경우에는 남들도 현명한 조치라고 인정할 것입니다.

235 **광대** 아저씨도 알고 있지.

종다리가 뻐꾸기를 오랫동안 먹여 주었더니

그 새끼가 종다리 머리를 물어 버렸지.

그래서 촛불도 꺼지고, 우리는 어둠 속에 남겨졌어.

리어 왕 네가 내 딸이 맞느냐?   거너릴에게

240 **거너릴** 아버지의 머리에 가득한 것으로 알고 있는

그 훌륭한 지혜를 십분 활용해 주십시오.

그리고 요즘 아버지의 본성을 변하게 하는

그런 마음가짐을 버리셨으면 합니다.

광대 수레가 말을 끄는데 모르는 바보도 있을까?

245 어이, 아가씨! 난 그대가 좋아요.

리어 왕 누가 여기서 나를 알아줄까? 이것은 리어가 아니다.

리어가 이렇게 걷나? 이렇게 말하나?

그의 눈은 어디 있지?

생각이 둔해지고 판단력이 마비돼 버렸다.

250 아, 꿈을 꾸고 있나? 그렇지 않다.

내가 누구인지 말해 줄 사람이 없느냐?

광대 리어의 그림자지.

리어 왕 나는 그걸 알고 싶어.

왜 그런가 하면 왕권의 표식과 지식, 이성에 의해

255 내게 딸이 있다고 거짓으로 설득당하게 될 테니까.

광대 딸들은 말 잘 듣는 아버지로 만들려는 거야.

리어 왕 부인, 당신의 이름은 무엇이오?

거너릴 이렇게 놀란 척하시는 것도

요즘 하시는 새로운 장난과 다를 게 없어요.

260 제발 제 의도를 제대로 이해해 주세요.

연로하시고 존경받는 분이시니 현명하셔야 합니다.

지금 아버지가 여기에 데리고 있는 기사와 무사 백 명은

어찌나 난잡하고 방탕하고 무례한지

이 저택이 온통 그들의 나쁜 행실에 물이 들어

265 난잡한 여관 같아요.

쾌락과 욕정으로 인해 훌륭한 궁궐이 아니라

술집이나 사창가처럼 돼 버렸다고요.

파렴치함이 이 지경에 이르니 즉각 시정할 수밖에요.

간청컨대, 딸자식의 부탁을 들어주실 수 있는 분이시니

270 시종들의 수를 조금만 줄여 주세요.

그리고 나머지 시종들도

자신의 신분과 아버지를 입장을 잘 알고

아버지의 나이에 맞는 자들이어야 합니다.

리어 왕 천하에 못된 악마 같은 것들!

275 말에 안장을 얹어라. 시종들을 집합시켜라. *하인에게*

이 배은망덕한 천한 것! 네 신세는 지지 않겠다. *거너릴에게*

나에겐 딸이 하나 더 있으니.

거너릴 아버지는 집안사람들을 때리고,

아버지의 난폭한 시종들은 윗사람을 하인처럼 부립니다.

올버니 등장

280 **리어 왕** 분하지만 너무 늦었구나!

이것이 귀공의 뜻인가? *올버니에게*

말을 해 봐라. — 내 말을 준비해라. *하인에게*

이 배은망덕하고 돌덩어리 심장을 가진 악마야,

자식에게 나타나니

285 바다 괴물보다도 더 끔찍하구나!

올버니 폐하, 고정하십시오.

리어 왕 흉악한 맹금 같은 년, 거짓말 마라.   *거너릴에게*

나의 시종들은 선택된 자들이고 훌륭한 자질을 지녔다.

맡은 의무를 아주 세세한 것까지 잘 알고 있고,

290 자기의 명예를 무엇보다 존중하는 사람들이다.

오, 지극히 작은 허물,

그것이 코딜리어에게는 어찌 그리 추악하게 보였을까!

마치 고문하는 도구처럼 나의 굳은 본성에서 비틀어 내고,

내 마음에서 모든 애정을 뽑아

295 쓰디쓴 증오에 잠기게 했구나. 오, 리어, 리어, 리어!

어리석음을 부르고   *자기 머리를 때리며*

소중한 판단력을 몰아 낸 이 대문을 때려 부셔라!

가자, 내 사람들은 가자.

올버니 저는 죄가 없습니다.

300 폐하께서 왜 이렇게 노하셨는지 모르겠습니다.

리어 왕 그럴지도 모르지.

들어라, 자연아, 들어라! 자연의 여신이여, 들어 다오!

만약 이것의 몸에서

자식을 낳게 할 의도가 있다면,

305 그 뜻을 거두어 다오.

이것의 생식 기능을 말려 버려서

그 더러운 몸에서 이것을 명예롭게 해 줄 아기가

결코 태어나지 않도록 해 다오.

그래도 아이가 나온다면

310 증오의 씨로 자식을 만들고, 그것이 살아남아

극악한 패륜아로 어미에게 고통을 주게 해 다오.

그 자식 때문에 저 젊은 이마에 주름살의 낙인이 찍히고

흐르는 눈물은 두 뺨에 도랑을 파고

어미로서의 모든 수고와 기쁨을

315 세상의 조소와 멸시로 바꾸어 다오.

은혜 모르는 자식을 두는 것이

독사의 이빨에 물리는 것보다 더 고통스럽다는 것을

느끼게 해 다오! 자, 가자, 가자! *켄트, 기사들과 함께 퇴장*

올버니 아니 대체 어찌된 일이오?

320 **거너릴** 더 알려고 들어 결코 괴롭게 하지 마세요.

마음대로 성질을 부리게 내버려두세요.

망령이 나셔서 그러는 게니.

리어 왕 등장

리어 왕 뭐라? 내 시종을 단번에 오십으로 줄여?

보름 만에?

325 **올버니** 무슨 일이십니까, 폐하?

리어 왕 무슨 일인지 말해 주지. 망측한 일이다! *거너릴에게*

정말 부끄럽다.

네 권력으로 내 남자다움을 이렇게 흔들어 놓고,

이렇게 걷잡을 수 없이 뜨거운 눈물을 흘리게 하다니!

330 이럴 가치가 있을까, 모든 병과 재앙을 다 받아라!

아비의 저주로 생긴 깊고도 고칠 수 없는 상처가

너의 모든 감각을 꿰뚫고 들어가길!

이 늙고 어리석은 눈이여,

이 일로 또다시 눈물을 흘린다면,

335 너를 뽑아 버리고 내던지진 후 흘린 눈물을 섞어

흙을 반죽하리라.

아, 이렇게까지 되다니.

나에게는 딸이 또 있다.

그 애는 분명히 친절하고 상냥하다.

340 네가 한 이런 짓을 그 애가 들으면

손톱으로 너의 늑대 같은 얼굴 가죽을 벗겨 버릴 것이다.

네가 영원히 집어 던졌다고 생각하는 왕의 모습을

내 다시 회복하고야 말겠다.

> 리어 왕, 켄트, 시종들 모두 퇴장

거너릴 저것 좀 보세요.

345 **올버니** 당신을 깊이 사랑하고는 있지만,

거너릴, 당신 편만을 들 수가 없소.

거너릴 제발 잠자코 계세요. 여봐라, 오스왈드 —

너, 바보라기보다는 악한 놈.   광대에게

너도 네 주인을 따라가.

350 **광대** 아저씨, 리어 아저씨, 좀 기다려요.

바보도 데리고 가요.

　　"여우를 한 마리 잡았다면,　　　　　　　　　노래한다

　　또, 그런 딸을 잡았다면,

　　내 모자를 팔아서

355　목매다는 밧줄을 살 수 있지.

　　그래서 바보는 따라간다네."　　　　　　　퇴장한다

거너릴 이 양반에게는 좋은 조언을 한 거야.

기사를 백 명이나 두다니!

완전 무장한 기사를 백 명씩이나 둔 건

360 정말 신중하고 안전한 방법이지!

그래서 꿈을 꿀 때마다

소문이나 공상, 불평, 불화가 있을 때마다

병력을 빌려 자신의 노망을 지키고

우리 삶을 쥐고 흔들자는 거야.

365 오스왈드, 뭣 하느냐!

올버니 글쎄, 너무 걱정이 지나친 것 같소.

거너릴 지나치게 믿는 것보다는 안전하죠.

전 걱정에 사로잡히느니

아예 그 걱정거리를 없애 버리는 편이죠.

370 아버지의 마음은 알아요.

아버지가 말씀하신 것을 동생에게 편지로 알렸어요.

내가 안 된다고 하는데도

그 애가 여전히 아버지와 기사 백 명을 부양하겠다고 하면 —

오스왈드 다시 등장

오스왈드,
375 동생에게 보낼 편지는 썼느냐?
오스왈드 네, 마님.
거너릴 몇 사람을 데리고 말을 타고 떠나라.
특히 내가 걱정하는 점을 동생에게 잘 전하라.
그리고 조리에 맞도록 네 의견을 덧붙여도 좋다.
380 어서 가. 그리고 속히 돌아오너라. 　　　　　　오스왈드 퇴장
안 돼, 안 돼요, 여보.
당신의 여리고 친절한 마음을 비난하고 싶지 않아요.
미안한 얘기지만 당신의 해로운 관용은
칭찬을 받기보다 지혜가 없다고 더 큰 비웃음을 살 거예요.
385 **올버니** 당신의 선견지명이 얼마나 들어맞을지 잘 모르지만
더 잘하려고 하다가 일을 망칠 수도 있소.
거너릴 아니에요, 그건 —
올버니 글쎄, 두고 봅시다. 　　　　　　　　　　모두 퇴장

1막 5장
장면 3에서 계속

리어 왕, 켄트, 신사, 광대 등장   *켄트, 카이우스로 변장*

리어 왕 이 편지를 갖고 글로스터로 먼저 가거라.

편지 내용에 관해 묻는 것 외에는

내 딸에게 아무 말도 해서는 안 된다.

속도를 내지 않으면

5   너보다 내가 먼저 그곳에 닿게 될 거야.

켄트 이 편지를 전할 때까지는 폐하,

잠도 자지 않겠습니다.   *퇴장*

광대 사람의 머리가 발뒤꿈치에 달려 있다면,

뇌에도 역시 동상이 걸릴까?

10   **리어 왕** 그렇겠지.

광대 그럼 제발 안심해.

당신의 지혜는 동상 때문에 슬리퍼를 신지 않아도 될 테니.

리어 왕 하, 하, 하!

광대 이제 봐요, 다른 딸은 아저씨를 친절하게 대할 거야.

15   왜냐하면 능금하고 사과처럼 두 여자가 똑같이 닮았긴 해도

내가 할 수 있는 말은 말할 수 있으니까.

리어 왕 이 녀석아, 무엇을 말할 수 있다는 게냐?

광대 능금에서는 능금 맛이 나듯이

저 딸하고 이 딸하고는 맛이 같을 거야.

20 왜 사람 코가 얼굴 한가운데 있는지 알아?

리어 왕 모르겠는걸.

광대 그야 코 양쪽에 눈을 붙여 두기 위해서지.

냄새로 알아내지 못하는 것은 눈으로 보라고 말이야.

리어 왕 그 애한테는 내가 잘못했어.

25 **광대** 굴이 어떻게 껍데기를 만드는지는 알아?

리어 왕 몰라.

광대 나도 몰라. 하지만 달팽이가 집을 짓는 이유는 알지.

리어 왕 왜지?

광대 왜라니, 자기 머리를 넣기 위해서지.

30 딸들에게 집을 줘 버리고

제 뿔을 감출 껍데기가 없어서는 안 될 테니까.

리어 왕 나는 아비의 정 따윈 잊을 것이야.

그렇게 다정한 아비를!

말은 준비되었나?

35 **광대** 당신 하인들이 준비하러 갔어.

북두칠성이 일곱 개밖에 안 되는 것은

그럴 듯한 이유가 있지.

리어 왕 여덟 개가 아니니 그렇지.

광대 그래 맞아. 아저씨는 훌륭한 광대가 될 수 있겠어.

40 **리어 왕** 다시 강제로 빼앗아야지, 배은망덕한 것!

광대 아저씨, 당신이 내 광대라면 때려 주었을 거야.

때도 되기 전에 늙어 버렸으니까.

리어 왕 그건 또 왜?

광대 똑똑해지기 전에 늙어서는 안 돼.

45   **리어 왕** 오, 하늘이여,

나를 미치게, 미치게 만들지 마소서!

제발 제정신을 지니게 해 주소서.

미치광이가 될 수는 없어요.

자, 말은 준비되었느냐?   *신사에게*

50   **신사** 준비되었습니다, 폐하.

리어 왕 자, 가자.

광대 내가 떠나는 걸 보고 웃는 아가씨들,

언제까지나 아가씨로 있지는 못할걸,

남자의 물건이 다 잘리기 전에는.   *모두 퇴장*

제2막

2막 1장12)

장면 4

사생아 에드먼드와 큐런이 무대 좌우에서 등장

에드먼드 안녕, 큐런.

큐런 안녕하세요. 지금 당신 아버지를 뵙고,

콘월 공작과 리건 공작 부인께서

오늘 밤에 함께 여기 오신다는 걸 알려 드렸어요.

5   **에드먼드** 무슨 일로?

큐런 글쎄요, 저는 잘 모릅니다.

세간의 소문은 들으셨지요?

겨우 귓전에 속삭이는 정도의

뜬소문에 불과하지만 말입니다.

10   **에드먼드** 못 들었는데. 말해 줘. 대관절 무슨 소문인데?

큐런 콘월 공작과 올버니 공작 사이에

전쟁이 일어날지도 모른다는 소문을 못 들으셨습니까?

에드먼드 금시초문이야.

큐런 이제 차차 들으실 겁니다.

15   그럼 안녕히 계십시오.   **퇴장**

에드먼드 공작이 오늘 밤에 이곳에 온다고?

---

12) **장소** 글로스터 백작의 저택.

잘됐다. 아주 그만이야!

내 일에 부득이하게 엮일 수밖에 없구먼.

아버지는 형님을 체포하려고 파수를 세워 놓았지.

20   그런데 골치 아픈 일이 한 가지 있는데

그것을 꼭 실행해야 한다. 제발 행운이 나와 함께 하길!

에드거 등장   *위에서 나타나 내려온다*

형님, 잠깐 내려오세요. 말씀드릴 것이 있어요.

아버지가 감시하고 있어요. 오, 어서 도망가세요.

형님의 은신처가 탄로 났다고요.

25   이제 밤의 이점을 이용하세요.

그런데 콘월 공작에 대해서 나쁘게 말한 적 있어요?

이 밤중에 공작과 리건 공작 부인이

급히 이곳으로 오고 계시대요.

형님이 그분들의 편을 들어

30   올버니 공작을 나쁘게 말한 적 있어요?

잘 생각해 보세요.

에드거 절대로 그런 말은 한 적이 없다. 한마디도.

에드먼드 아버지가 오시는 소리가 납니다.

용서하세요. 눈속임으로

35   제가 형님에게 칼을 겨누어야 합니다.   *칼을 뽑는다*

칼을 뽑아 방어하는 체하세요.

자, 이제 덤벼요.   *에드거 칼을 뽑는다*

항복해! 아버지 앞에 나서라. 불을 가져와라, 여기, 이쪽에!

도망가세요, 형님.

40   횃불을, 횃불을 가져와!

잘 가세요.   *에드거 퇴장*

내가 피를 흘리고 있으면

필사적으로 싸웠다고 생각하겠지.   *팔에 상처를 낸다*

주정꾼들은 장난으로 이보다 더한 짓도 하던데.

45   아버지, 아버지!

서라, 서! 누구 없느냐?

글로스터와 횃불을 든 하인들 등장

글로스터 에드먼드, 악당은 어디 있느냐?

에드먼드 여기, 이 컴컴한 어둠 속에 서서,

날카로운 칼을 빼들고 사악한 주문을 외우면서,

50   달에게 행운의 여신이 되어 달라고 청하고 있었습니다.

글로스터 그런데 어디로 도망갔느냐?

에드먼드 보십시오. 이렇게 피가 납니다.

글로스터 악당 놈은 어디로 갔느냐, 에드먼드?

에드먼드 이쪽으로 달아났어요. 아무리 해도 안 되니까.

55   **글로스터** 그를 쫓아라. 쫓아!   *하인들 퇴장*

아무리 해도 안 된다니 무슨 얘기냐?

에드먼드 아버지를 살해하라고 절 설득하려 했거든요.

하지만 제가 복수의 신들은

아비를 죽인 자에게 벼락을 쳐서 벌할 것이라고 했죠.

60   그리고 부자간의 핏줄은

여러 겹으로 서로 강하게 맺어져 있다고요.

아버지, 제가 형님의 그 무도한 계획에 강하게 반대하자,

사납게 덤벼들어 미리 준비한 칼을 빼들고는

무방비 상태인 저를 강하게 공격하여

65   제 팔에 깊은 상처를 입혔습니다.

그리고 형님은 저의 분기충천한 기상과

정의감에 불타오르는 용기, 굴하지 않는 태도를 봤는지

아니면 제가 지른 소리에 놀랐기 때문인지

정신없이 달아나 버렸습니다.

70   **글로스터** 멀리 도망가 보라지.

이 나라 안에 있는 이상 안 잡히고는 못 배기고,

잡히면 없애고 말 테다.

나의 주인이시며

나의 영예로운 최고 은인이신 영주께서

75   오늘밤 이곳에 오신다.

그분의 권한으로 선포할 것이다.

그 비겁한 놈을 잡아 형장에 끌고 오는 자에게는

포상을 내리고

그놈을 숨기는 자는 사형에 처하겠다고.

80 **에드먼드** 형의 그런 생각을 막으려고 설득했지만

막무가내라 저는 맹렬히 비난하면서

형의 본심을 폭로하겠다고 위협했습니다.

그러자 이렇게 쏘아붙이더군요.

'유산 상속도 못 받을 사생아 주제에!

85 내가 만약 너와 대결하게 되면

네가 어떤 믿음과 덕이나 가치가 있어

네 말을 믿어 줄 것 같으냐?

천만에, 내가 아니라고만 하면, 물론 그리 되겠지만,

네가 나의 진짜 필적을 증거로 내놓는다 해도

90 나는 그것을 너의 교사, 음모, 모략으로

뒤집어씌울 것이다.

그리고 내 죽음으로 네가 차지할 이익이 많으니

내 목숨을 노리는 너의 명백하고 유력한 동기를

세상이 모른다고 생각한다면

95 넌 사람들을 우롱하는 거야.' 라고요.

안쪽에서 나팔 소리[13]

글로스터 아, 극악무도한 악당!

그놈이 이 편지를 쓰지 않았다고 했단 말이지?

---

13) 여기서는 콘월의 도착을 알린다.

아, 공작님의 나팔 소리다. 왜 오시는지 모르겠다.

모든 항구를 닫아 버리겠다. 놈이 도망가지 못하게.

100 공작도 그것은 허락해 주실 것이다.

또 온 나라 사람들이 알아볼 수 있도록

각처에 그놈의 초상화를 보내라.

그리고 내 영지는 충직한 효자 노릇을 하는

너에게 상속하도록 하겠다.

콘월, 리건, 시종들 등장

105 **콘월** 아니, 어떻게 된 일이오?

지금 오는 길에 여기서 이상한 소문을 들었소.

리건 만약 그게 사실이라면,

그 범죄자에게 어떤 엄벌을 내려도 부족할 것이오.

심정이 어떠시오, 백작?

110 **글로스터** 오, 마님.

이 늙은 가슴이 찢어졌습니다. 찢어졌어요!

리건 아니, 우리 아버지의 대자가

백작의 목숨을 노렸다고요?

아버지가 이름을 지어 주신, 그 에드거가?

115 **글로스터** 오, 마님, 창피해서 말도 못할 지경입니다.

리건 그는 아버지를 따라다니던

그 난폭한 기사들과 한패가 아니던가요?

글로스터 모르겠습니다. 마님, 아무튼 너무 악합니다.

너무 악해요.

120 **에드먼드** 예, 마님. 그들과 한패였습니다.

리건 그렇다면 나쁜 영향을 받았다고 놀랄 것도 없네요.

노인을 죽여 그 재산을 마음대로 쓰려고

그놈들이 에드거를 부추긴 게 틀림없어요.

오늘 저녁에 언니한테 편지가 왔는데

125 그들에 대해 자세히 쓰여 있습니다.

그들이 저희 집에 묵게 된다면

제가 집에 없는 편이 나을 것이라고 주의를 주었습니다.

콘월 그렇다면 나도 분명 그렇게 할 거요, 리건.

에드먼드, 이번에 아버지께

130 순종의 의무를 보여 드렸다고 들었다.

에드먼드 제 임무입니다, 공작님.

글로스터 저 애가 그놈의 흉계를 폭로했을 뿐만 아니라

그놈을 잡으려다가 이렇게 상처까지 입었습니다.

콘월 그를 추격중인가요?

135 **글로스터** 예, 공작님.

콘월 그놈이 잡히기만 하면,

다시는 위험한 짓을 하지 못하도록 할 것이오.

무슨 방법이든 쓰시오.

내 힘을 이용해도 좋소.

140 그리고 에드먼드,

너의 효성과 미덕이 나를 감동시켰다.

그러니 나의 부하가 되어라.

깊이 신뢰할 수 있는 사람이 너무도 필요하구나.

내가 너를 그 첫 번째로 취하겠다.

145 **에드먼드** 따르겠습니다.

다른 건 몰라도 진심을 다할 것입니다.

글로스터 이 아이에게 베푸신 은총에 감사드립니다.

콘월 우리가 찾아온 이유를 그대는 모르지요?

리건 이렇게 불쑥, 어둔 밤에 바늘귀 꿰듯 찾아온 까닭은

150 중대한 일이 생겨 백작님의 조언이 필요했기 때문입니다.

아버지와 언니가 서로 불화한 이유에 대해

각기 편지를 보내셨습니다.

가장 좋은 방법은

집을 떠나서 답장을 쓰는 것이라 생각했습니다.

155 그래서 양쪽에 보낼 사자를 대기시켜 놓았습니다.

우리의 오랜 친구께서는 마음을 진정하고

우리 일에 필요한 조언을 해 주시기 바랍니다.

지금 이 자리에서요.

글로스터 분부대로 하겠습니다, 마님.

160 두 분 참으로 잘 오셨습니다.　　　　　　　모두 **퇴장**, 팡파르

2막 2장14)

장면 5

켄트, 오스왈드 각각 등장　　　　　　켄트는 카이우스로 변장

오스왈드 날이 밝았군.15) 당신 이 집 사람이오?

켄트 그렇소.16)

오스왈드 어디다 말을 매지?

켄트 진흙에다.

5　**오스왈드** 오 제발, 내가 싫지 않거든 제대로 말해 주오.

켄트 나는 당신을 좋아하지 않아.

오스왈드 그렇다면 당신과는 상대하지 않겠소.

켄트 립스베리의 짐승 우리17)에 당신을 집어넣으면

나를 상대하게 될걸.

10　**오스왈드** 왜 이런 취급을 하는 거지? 나는 당신을 모르오.

켄트 나는 당신을 알고 있지.

오스왈드 나를 어떤 식으로 아는데?

켄트 악당, 불량배, 부엌에서 찌꺼기나 먹는 놈,

천박하고 거만하고 얄팍하며 거지같은 놈이지.

---

14)　**장소** 글로스터 백작 저택 앞.

15)　사실은 해가 뜨기 전임. 나중에 달빛이 비치는 것을 볼 수 있다.

16)　사실 켄트는 이 집 사람이 아니다. 아마도 오스왈드를 모욕하기 위한 기회를 노
린 듯하다.

17)　립스 타운에 있는 유기 동물 우리.

15 옷 세 벌에,18) 백 파운드19) 수입을 자랑으로 알고,

더러운 털양말을 신는 악당, 겁쟁이에,

툭하면 소송을 일삼는 사생아.

쓸데없이 거울이나 보고

어떤 충성도 불사하며 안달복달하는 놈.

20 물려받은 거라곤 가방 하나밖에 없는 놈,

충성을 위해서는 뚜쟁이 노릇도 기꺼이 할 놈이지.

너는 악당, 거지, 겁쟁이, 뚜쟁이,

잡종 암캐의 새끼를 섞어 놓은 놈이야.

이 중에 하나라도 틀린 말이 있으면 부인해 봐라.

25 울부짖을 때까지 흠씬 패 줄 테니.

오스왈드 별 이상한 놈도 다 있네. 본 적도 없고

잘 알지도 못하는 사람한테 이렇게 욕지거리를 하다니!

켄트 이 철면피 같은 놈이 나를 모른다고!

내가 왕 앞에서 네 놈 발을 걸어 넘어뜨린 지

30 이틀밖에 안 됐는데?

칼을 빼라! 이 나쁜 놈!

아직 밤이지만 달이 밝다.

달빛 속에서 네 놈의 살을 저며 멋진 요리를 만들겠다.

쓸데없이 겉멋만 든 비열한 놈, 칼을 빼라!　　　　*칼을 뺀다*

---

18) 하인은 1년에 세 번 옷을 갈아입는다.

19) 하인의 수입을 훨씬 넘는 금액. 제임스 1세가 백 파운드에 기사들을 사들인 것을
암시하는 듯하다.

35 　**오스왈드** 저리 가! 난 너와 아무 상관도 없다.

　켄트 칼을 빼라니까!

　이 악한아. 너는 왕에게 불리한 편지를 가지고 왔다.

　아버지인 왕에게 거역하는

　허영에 빠진 꼭두각시[20] 편을 드는구나.

40 　칼을 빼, 이 나쁜 놈아!

　아니면 네 정강이를 난도질해 놓겠다. 이 불한당! 덤벼라.

　오스왈드 사람 살려! 살인이다! 사람 살려!

　켄트 자, 받아라! 이 노예 놈아! 거기 서!

　이 나쁜 놈, 악한, 이 노예 새끼! 받아라!　　　　　　*내리친다*

45 　**오스왈드** 살려 줘! 사람 죽이네! 사람 살려!

에드먼드, 콘월, 리건, 글로스터, 시종들 등장

　에드먼드 아니, 무슨 일이냐? 떨어져라!

　켄트 내가 상대해 주지, 애송이 녀석. 원한다면 덤벼라.

　한 수 가르쳐 주마. 덤벼, 젊은 친구.

　글로스터 무기? 칼? 이게 다 무슨 일이냐?

50 　**콘월** 목숨이 아깝거든 조용히 해라.

　그래도 싸우는 놈은 사형이다. 무슨 일이냐?

　리건 언니와 폐하의 사자들입니다.

---

20) 거너릴을 가리킨다. 허영을 의인화한 꼭두각시를 상상한 것이다.

콘월 왜 싸운 게냐? 말해봐.

오스왈드 숨이 차서 말을 할 수가 없습니다.

55 **켄트** 당연하지, 그렇게 용기를 쥐어짰으니.

이 겁쟁이 불한당.

조물주도 널 인정하지 않을 거다.

어미가 아니라 재봉사가 만들었겠지.

콘월 이상한 소리를 하는구나. 재봉사가 사람을 만들다니?

60 **켄트** 예, 재봉사요.

석공이나 화가라면 저렇게 못나게 만들 리가 없지요.

이 년밖에 일하지 않았대도 저렇게 만들지는 않을 겁니다.

콘월 어쨌든 말해라. 왜 그렇게 싸운 것이냐?

오스왈드 이 늙은 건달의 흰 수염이 불쌍해서

65 목숨만은 살려 주었더니—

켄트 이 후레자식이. 알파벳의 끝 글자 같은 불필요한 놈!

공작님, 허락하신다면 이 비겁한 악당 놈을 짓밟아

회반죽으로 만들어 변소의 벽에 처바르겠습니다.

흰 수염이 불쌍하다고? 이 바람둥이 놈아!

70 **콘월** 닥쳐라, 이 짐승 같은 놈!

너는 공경이라는 것도 모르느냐?

켄트 압니다, 공작님. 그렇지만 화가 나면 어쩔 수 없습니다.

콘월 왜 화가 났는데?

켄트 이 노예 같은 놈이 칼을 차고 있으니까요.

75 정직이라고는 눈곱만치도 없는 놈이요.

이렇게 실실대는 사기꾼들은 풀 수 없게 단단히 묶인

성스러운 사람의 핏줄을 쥐새끼처럼 물어뜯어 놓지요.

저런 놈은 주인의 마음속에 들끓는 감정이란 감정에 아첨해

불에는 기름을, 얼음 같은 마음에는 눈을 던집니다.

80   아니라고 했다가 그렇다고 하고,

바람 따라, 주인의 변하는 기분 따라

물총새 부리마냥 빙빙 돕니다.

뜻 없이 개처럼 따르는 것밖에 모릅니다.

그런 간질병자 같은 낯짝은 역병이나 걸려라!   오스왈드에게

85   내 말을 듣고 웃어? 내가 바보인 줄 알아?

거위 같은 놈, 세럼21) 들판에서 너를 만나면

꽥꽥대는 네놈을 카멜롯22)의 집까지 쫓아 버릴 테다.

콘월 뭐? 이 늙은 놈이 미쳤나?

글로스터 왜 싸운 건지 이유를 대라.

90   **켄트** 아무리 원수지간이라 해도 이놈과 저만큼

적대적이지는 않을 것입니다.

콘월 그런데 왜 저 사람을 악한이라고 하는 게냐?

무슨 잘못을 했다고?

켄트 저놈의 낯짝이 맘에 안 듭니다.

95   **콘월** 그럼 내 얼굴은?

저 사람이나, 저 여자 얼굴도 마음에 안 들겠구나.

---

21) Sarum plain 윌트셔 주의 솔즈베리.

22) Camelot 아서왕이 사는 전설적인 도시.

켄트 공작님, 솔직한 것이 저의 일입니다.

옛날에는 좀 더 좋은 얼굴을 봐 왔습니다.

지금 제 눈앞에 있는 어깨 위에 달린

100   어떤 얼굴보다도.

콘월 이런 작자들이

퉁명스럽다고 칭찬을 받으면

일부러 무례하고 난폭한 짓을 하고,

본성에 어긋나는 태도를 강요하거든.

105   자신은 아첨할 줄 모르고

정직하고 솔직하니 진실을 말해야 한다 이거지!

사람들이 그 말을 믿으면 좋고,

아니더라도 어쨌든 솔직한 사람이지.

내가 알기로 이런 종류의 악한들은 그 속에

110   더 많은 교활함과 술수를 숨기고 있지.

그에 비하면 머리를 굽실거리며

맡은 바 임무를 다하는 시종 스무 명이 훨씬 나아.

켄트 공작님, 진심으로 정성을 다하여

공작님의 허락을 간청하옵니다.

115   공작님의 위광은 명멸하는 태양신 이마의

눈부신 불꽃 같으십니다.

콘월 그게 무슨 뜻이냐?

켄트 네, 말투가 맘에 드시지 않는 것 같아서

바꿔 보려는 겁니다.

120 공작님, 저는 아첨꾼이 아닙니다.

솔직함을 가장하여 공작님을 속인 놈이야말로

명백한 악한이지요.

저는 결코 그런 자가 되고 싶지 않습니다.

그런 청을 뿌리쳐서 공작님의 노여움을 살지라도 말이죠.

125 **콘월** 이자에게 무엇을 잘못했느냐?   오스왈드에게

오스왈드 아무 잘못도 없습니다.

이자가 모시는 폐하께서 최근에 뭔가 오해하시고

저를 때린 적이 있습니다.

그때 이자가 폐하 편을 들면서 노기에 비위를 맞추느라고

130 제 뒤에서 발을 걸어 넘어뜨리고, 욕을 하고 조롱하고

사내다운 기질을 발휘하며

영웅이나 된 듯 폐하의 칭찬을 받았습니다.

실은 제가 일부러 져 주었을 뿐입니다만,

그러고는 이 엉뚱한 칭찬에 맛이 들려

135 저에게 또 칼을 들이댄 겁니다.

켄트 아이아스 장수23)인들

이따위 겁쟁이 악당에게 걸리면

바보나 다름없지!

콘월 족쇄를 가져오너라!

140 이 고집 센 늙은이, 낫살이나 먹은 허풍쟁이.

---

23) **Ajax** 그리스의 전사였으며, 어리석기로 유명했다. 여기서는 콘월을 비꼬는 것이다.

버릇을 가르쳐 주겠다.

켄트 공작님, 저는 배우기에는 너무 늙었습니다.

족쇄를 거두어 주십시오.

저는 폐하를 모시며, 폐하의 명령으로 온 것입니다.

145   폐하의 사자에게 족쇄를 채운다면

저의 주인이신 폐하의 위엄과 인격에

무례한 악의를 보이는 것밖에는 안 될 것입니다.

콘월 족쇄를 가져와! 무슨 일이 있어도

정오까지 저놈에게 족쇄를 채워 두어라.

150   **리건** 정오까지요? 여보, 밤까지, 아니 밤새도록 채워 둬요.

켄트 마님, 비록 제가 부친의 개라 하더라도

제게 그러시면 안 됩니다.

리건 아니, 아버지가 거느린 악한이니 그렇게 하겠다.

족쇄를 가져온다

콘월 이놈은 처형이 말한 것과 똑같은 종류의 악한이오.

155   자, 족쇄를 가져와라!

글로스터 공작님, 제발 그것만은 거두어 주십시오.

이놈이 큰 잘못을 했습니다.

그것에 대해서는 이놈의 주인이신 왕께서 책하실 것입니다.

공작님이 주시려는 기본적인 벌은

160   좀도둑질이나 지극히 평범한 잘못을 범한

그런 천하고 야비한 놈들을 처벌할 때 쓰는 벌입니다.

이자의 주인인 국왕께서 자신의 사자가

가볍게 취급받아 묶인 것을 알면 언짢게 여기실 겁니다.

콘월 내가 책임을 지겠소.

165   **리건** 언니가 훨씬 더 기분이 상할걸요.

자기 부하가 모욕을 당하고 습격을 당했다고 하면요.

켄트에게 족쇄를 채운다

콘월 자, 가십시다.   모두 퇴장(글로스터와 켄트만 남음)

글로스터 미안하네, 친구. 하지만 공작의 명령이오.

세상 사람들이 다 알다시피 그분의 성미는

170   누가 간섭할 수도, 막을 수도 없소.

당신을 위해 내가 부탁해 보겠소.

켄트 괜찮습니다. 그만두십시오.

밤을 새워 힘들게 왔습니다.

한숨 자고 일어나서 휘파람을 불며 시간을 보내지요.

175   착한 자의 운이 기울 수도 있습니다.

좋은 아침 맞으시길!

글로스터 이건 공작의 책임이야.

폐하께서 노하실 거야.   퇴장

켄트 왕이시여, 당신께서도 하늘의 축복을 잃고

180   뜨거운 볕 아래 선다는 속담24)을 몸소 체험하실 것입니다.

---

24) 선에서 악으로 옮겨 가는 것을 말하는 속담. 켄트는 리건이 거너릴보다 나쁘다는
   것을 말하고 있다.

이 지상을 비추는 횃불이여,   편지를 꺼낸다

좀 더 가까이 오라.

위안을 주는 네 빛의 도움으로

이 편지를 읽을 수 있도록!

185   역경이 없으면 기적도 없으리!

이 편지는 코딜리어 공주에게서 온 것이다.

내가 변장하고 다니는 걸 다행히도 알고 계신다.

그래서 기회를 보아 이 난세에서 나라를 구하고

구제의 방법을 강구하려는 것이다.

190   잠을 못 자 녹초가 됐으니

잘됐다, 무거운 눈이여,

이 부끄러운 잠자리를 보려고 하지 마라.

행운이여, 잘 자라.

한 번 더 미소 짓고 운명의 바퀴를 돌려라!   잠든다

에드거 등장

195   **에드거** 내가 지명수배 됐다는 소식을 들었다.

다행히 나무 구멍 속에 숨어 추적을 피했다.

항구는 폐쇄되고 어디에나 파수가

나를 잡으려고 눈을 번쩍이며

각별한 경계 태세를 펴고 있다.

200   도망칠 수 있는 한 목숨을 보존해야 되겠다.

그래서 지금까지 빈곤이 사람을 전락시켜

짐승에 가까운 상태에 이르게 만든

더 없이 비천하고 참혹한 모습을 취해야겠다고 생각했다.

얼굴에는 오물을 처바르고

205   허리에는 담요만을 두르고

머리는 뒤엉키게 하고

대담하게 알몸뚱이를 드러내어

바람과 하늘의 박해를 견뎌 보자.

이 나라에는 베드럼의 거지들25)이라는

210   증거와 선례가 있다.

고함을 지르며 마비되어 감각이 없어진 맨살 팔뚝에다

바늘, 나무꼬챙이, 못, 로즈메리 어린 가지 등을 꽂고

그런 끔찍한 모습으로 가난한 농가나

보잘 것 없는 촌락, 양 우리 또는 방앗간에서,

215   때로는 미치광이처럼 저주의 말을 퍼붓고,

때로는 기도를 하면서 동냥을 강요한다.

가여운 털리굿26), 가여운 톰!27)

그렇게 살아갈 수 있다.

나 에드거는 아무것도 아니다.   퇴장

---

25) **Bedlam beggars** 베들레헴의 세인트 메리 병원. 이곳에서 나온 많은 사람이 거지
가 되었다.

26) **Turlygod** 설명된 바 없다. 아마도 의도적으로 무의미한 이름을 붙인 것.

27) **Poor Tom** 거지들이 내뱉는 탄식. 16세기에 거지들은 스스로를 '가여운 톰'이라
불렀다.

리어 왕, 광대, 신사 등장

220 **리어 왕** 딸아이 부부가 이렇게 집을 비우고
내 사자를 돌려보내지 않다니 이상한데.
신사 제가 듣기로
어젯밤까지는 그분들이 여기를 떠나
집을 비울 계획이 없었다고 합니다.
225 **켄트** 어서 오십시오, 주인님!   눈을 뜬다
리어 왕 저런, 어찌하여 이런 모욕을 당하였느냐?
켄트 아닙니다, 폐하.
광대 허, 허! 무서운 각반을 차고 있군.
말은 머리를 잡아매고,
230 개와 곰은 목을, 원숭이는 허리를 잡아매는데,
사람은 다리를 잡아매는구나.
다리를 지나치게 쓰다 보면
나무로 된 양말을 신게 되지.
리어 왕 네 신분을 몰라보고
235 누가 네게 족쇄를 채운 것이냐?
켄트 그와 그녀,
폐하의 사위와 따님입니다.
리어 왕 그럴 리가.
켄트 맞습니다.
240 **리어 왕** 그럴 리가 없어.

켄트 맞다니까요.

리어 왕 주피터에 맹세코 그럴 리가 없다.

켄트 주피터의 아내 주노에 맹세하건대, 맞습니다.

리어 왕 감히 이렇게 못해.

245   그럴 수도 없고, 그러려고 하지도 않았을 거야.

이건 살인보다 나쁜 짓이야.

왕의 위엄에 맞서 감히 이런 난폭한 짓을 하다니.

자, 해명하라.

나의 사자인 널 대체 어떤 이유로

250   이렇게 대접하고, 이런 처분을 내렸는지

어서 말하라.

켄트 폐하, 제가 그들에 집에 와서

폐하의 친서를 전해 드리며

예의를 차리기 위해 무릎을 꿇은 자리에서

255   채 일어나기도 전에

땀범벅이 된 채 머리에서 김이 나는 사자가 달려와

숨을 헐떡이면서 그의 여주인 거너릴의 인사를 전한 뒤에

저를 무시하고 편지를 전했습니다.

그들은 저는 제쳐 두고 즉시 편지를 읽더니,

260   그 내용대로 하인들을 모두 불러 모아

바로 말을 타고 갔습니다.

제게는 뒤따라오라고 명령하고

여유가 생기거든 답하겠노라며 차가운 시선을 던졌지요.

그리고 여기에 와서 아까 그 사자를 만났는데

265 그런 놈을 환대하느라 절 무시당했다는 생각이 들었지요.

바로 일전에 폐하께 무례한 행동을 한 놈인지라

원래 지혜보다는 용기에 의존하는 저는

칼을 빼들었습니다.

그러자 그놈은 겁먹은 소리로 고함을 질러

270 온 집안사람들을 깨웠지요.

폐하의 사위와 따님은 보시는 바와 같이

저의 죄과가 이런 창피를 당해야 마땅하다고 생각했습니다.

광대 기러기가 저렇게 날아가는 걸 보니

겨울이 아직도 안 갔구나.

275 　"아버지가 누더기를 몸에 걸치면　　　　**노래한다**

　　자식들은 눈을 감지만

　　아버지가 돈주머니를 가지면

　　자식들은 효자가 된다오."

운명의 여신은 틀림없는 매춘부,

280 가난한 이에게는 문을 열지 않지.

그런데 이 모든 것에도 불구하고 당신은 따님들 덕분에

일 년을 세어도 다 못 셀 화를 얻게 될 것이에요.

리어 왕 아, 울화가 심장을 치받고 오르는구나!

화 덩어리야, 내려가라. 치밀어 오르는 슬픔아.

285 네가 있을 곳은 저 아래쪽이다! 내 딸은 어디 있느냐?

켄트 백작과 함께 이 안에 있습니다.

리어 왕 따라오지 말고 여기 있어라. 　　　　　　　　　　퇴장

신사 지금 말씀하신 것 외에는 아무 잘못도 없었나요?

켄트 없었습니다.

290　그런데 폐하의 시종들이 왜 이리 적습니까?

광대 그런 질문을 해서 족쇄를 찬 것이라면

그래도 싸지.

켄트 왜, 광대야?

광대 개미한테 가서 겨울에는 일이 없다는 것[28]을

295　좀 배우고 와.

장님이 아닌 다음에야

코를 가지고 있는 자는 누구나 눈을 믿을 수밖에.

스무 명 중에 썩은 냄새를 못 맡을 놈은 단 하나도 없어.

커다란 수레바퀴가 언덕을 굴러 내려갈 때는

300　붙잡지 말아야 해.

목이 부러지니까.

그렇지만 위대한 사람이 언덕을 올라갈 때에는

너도 끌려가야 해.

지혜로운 사람이 더 좋은 걸 가르쳐 주거든

305　내 충고는 다시 돌려줘.

광대가 한 말이니 악한들이나 따르게 할 거야.

　　"이익을 좇아 일하고 　　　　　　　　　　**노래한다**

---

28)　개미는 먹을 것이 많은 여름에만 식량을 모은다. 마찬가지로 인간도 재산이 많은
후원자에게서 얻을 것이 많을 때에만 일한다는 뜻이다.

겉모습만 보고 따르는 사람은

비가 오기 시작하면 보따리를 싸 가지고

310 　당신을 폭풍우 속에 남겨 둔다네.

하지만 나는 남으리. 광대는 남으리.

영리한 사람은 가라고 해.

달아나는 하인 놈은 바보가 되지만

바보는 절대 악한이 아니라오."

리어 왕, 글로스터 등장

315 　**켄트** 광대야, 어디서 그런 걸 배웠니?

　　　광대 족쇄를 차고 배운 건 아니야, 바보야.

　　　리어 왕 나와 얘기하는 걸 거절해?

　　　병이 났다고? 피곤하다고?

　　　밤새도록 먼 길을 걸었다고? 그저 핑계지.

320 　배신과 유기가 아니고 뭐야.

　　　좀 더 그럴듯한 회답을 받아와.

　　　글로스터 폐하,

　　　아시는 바와 같이 공작의 성미가 불과 같아서

　　　일단 무슨 일을 결정하면 아주 완강하고

325 　요지부동입니다.

　　　리어 왕 복수, 역병, 죽음, 혼란이다!

　　　불같다고? 성미가 뭐?

이봐, 글로스터, 글로스터,

과인이 직접 콘월 공작 부부와 이야기 좀 하겠다는 거야.

330　**글로스터**　예, 폐하, 두 분께 그렇게 말씀드렸습니다.

　　리어 왕　말씀드렸다고? 이봐, 내 말을 알아들어?

　　글로스터　네, 잘 압니다.

　　리어 왕　왕이 콘월과 이야기를 하려는 거야.

　　사랑하는 아비가 딸과 이야기하고 싶다고.

335　문안을 요구하고 문안하려고 하는 거라고.

　　그들이 알고 있어? 숨이 막히고 피가 끓는다!

　　불같다고? 불같은 공작? 그 불같은 공작에게 전해.

　　아니, 잠깐. 그 공작의 몸이 불편한지도 모르지.

　　병이 나면 건강할 때엔 당연히 해야 하는 책무도

340　소홀히 하기 쉬운 법이니까.

　　사람의 본성이 억눌리면

　　별수 없이 마음도 육체와 같이 고통을 받게 되므로

　　마침내 자기의 본성을 잃어버리는 거야. 내가 참지.

　　내가 너무 성급한 충동에 이끌려

345　몸이 불편한 병자의 발작을

　　건강한 사람의 의도로 오해한 것도

　　울화통이 터질 노릇이다. 내 왕권이 죽었어.

　　대체 왜 이자를 여기 앉혀 두는 거지?　　　　**켄트를 보며**

　　이것으로 본다면 공작 내외가 나와 만나지 않으려는 것은

350　분명 흉계로밖에 생각할 수 없어.

내 부하를 풀어 줘.

공작 내외한테 가서 내가 할 말이 있다고 말해라.

지금 당장 말이야.

그들에게 나와서 내 말을 들으라고 전하라.

355 그렇지 않으면 그들의 침실 앞으로 달려가

북을 치고 그 요란한 소리로 잠을 깨우겠다.

글로스터 서로가 화목하게 지내셨으면 좋겠습니다.　　퇴장

리어 왕 아! 내 심장, 심장이 끓어오른다! 진정하라!

광대 심장에게 소리 지르라고, 아저씨.

360 잘난 체하는 마누라가

파이 속에 산 채로 뱀장어를 넣고는

뱀장어 대가리를 막대기로 두드리며

"들어가, 이 버릇없는 놈아, 들어가!" 하고 야단을 쳤대.

말이 먹을 건초에 버터를 바른 건 그녀의 오라비였는데

365 순전히 친절한 마음에서 그랬던 거래.

콘월, 리건, 글로스터, 시종들 등장

리어 왕 두 내외가 잘 잤는가?

콘월 폐하께 인사 올립니다!

켄트를 풀어 준다

리건 폐하를 뵈오니 기쁩니다.

리어 왕 리건, 그러리라 생각한다.

370 그렇게 생각할 만한 이유도 알지.

만약 네가 아비를 보고도 기쁘지 않다면

나는 죽은 네 어미의 무덤을 찾지 않겠다.

그런 딸의 어미는 틀림없이 화냥년일 테니까.

아, 풀려났느냐?   *켄트에게*

375 이 문제는 다음에 얘기하기로 하자.

사랑하는 리건, 네 언니는 못된 년이다.

오, 리건. 그년은

독수리처럼[29] 불친절한 날카로운 이빨로

여기를 찔렀다.   *가슴을 가리킨다*

380 뭐라고 설명할 수도 없다. 너는 믿지 못할 것이다.

그 태도가 얼마나 흉악한지. 오, 리건!

리건 제발 진정하세요, 아버지.

제 생각에는 언니가 임무를 소홀히 한 게 아니라

아버지가 언니의 가치를 과소평가한 것 같습니다.

385 **리어 왕** 뭐라고? 어째서?

리건 저는 언니가 자신의 의무를 저버렸다는 생각은

조금도 하지 않습니다.

혹시 언니가 아버지가 데리고 있는 시종들의

---

29) 그리스 신화의 프로메테우스가 생각나는 구절. 불을 훔친 죄로 신은 그에게 독수
리에게 간을 끊임없이 쪼아 먹히는 벌을 받았다.

난동을 억제시켰다면

390   명백한 이유와 신중한 목적이 있었을 것이니

언니를 비난할 수는 없습니다.

리어 왕 그년은 내 저주를 받아야 해!

리건 아, 아버지는 늙으셨어요.

아버지의 체력도 그 한계에 달했습니다.

395   아버지보다 아버지의 처지를 더 잘 알고

분별력을 지닌 사람의 재량에 모든 것을 맡기시고

그 사람을 따라야 합니다.

그러니 제발 언니한테 돌아가셔서

잘못했다고 하셔요.

400   **리어 왕** 용서를 빌라고?

잘 봐라. 이것이 우리 왕가에 어울리는 것인지.

내 딸아, 고백하건대 나는 늙었다.   *무릎을 꿇는다*

늙은이는 무용지물이라, 이렇게 무릎을 꿇고 애원한다.

제발 내게 옷과 잠자리와 먹을 것을 좀 다오.

405   **리건** 아버지, 그만 하세요. 정말 보기 흉합니다.

언니에게 돌아가세요.

리어 왕 절대 안 간다, 리건.   *일어서며*

그년은 내가 데리고 있는 시종의 수를 반으로 줄였다.

정말 무섭게 노려보며, 살모사 같은 독설로

410   이 심장을 찌른 년이다.

하늘이 내릴 수 있는 벌이란 벌은

못된 그년의 머리 위로 모두 떨어져라!

그년의 젊은 뼈를 쳐서

전염병처럼 절름발이로 만들어라!

415 **콘월** 저런, 망측하군요!

리어 왕 빠른 번개여, 눈멀게 하는 너의 불꽃을

그년의 비웃는 눈 속에 찔러 넣어 다오!

강렬한 햇빛을 받아 늪 속에서 피어오른 독기여,

그년의 아름다움을 더럽혀 물집에 덮이게 하라!

420 **리건** 오, 신이여! 저 때문에 화가 나시면

저에게도 저주를 퍼부으시겠지요.

리어 왕 아니다, 리건. 네겐 절대로 저주를 내리지 않겠다.

너는 천성이 유순하니 사악한 짓을 할 리가 없지.

그년의 눈은 표독해.

425 그렇지만 너의 눈은 편안하고 불같이 이글거리지도 않아.

나의 즐거움을 빼앗고, 내 시종들을 줄이고

성급하게 말대꾸를 하거나, 내 생활비를 깎거나

요컨대 내가 들어가지 못하게 문에 빗장을 거는 일 따위는

하지 않겠지.

430 너는 천륜의 도리를, 자식의 의무를

예의바른 행위와 감사하는 마음을 잘 알고 있어.

내 왕국의 절반을 지참금으로 준 것을

잊지 않았겠지.

리건 아버지, 용건을 말씀하세요.　　　안쪽에서 나팔 소리

435 **리어 왕** 누가 내 부하에게 족쇄를 채웠느냐?

오스왈드 등장

콘월 저건 무슨 나팔 소리요?

리건 언니가 오는 소리예요. 편지가 확실히 맞았네요.

곧 여기로 오겠다고 했거든요.

마님이 오셨느냐?　　　　　　　　　　　　　오스왈드에게

440 **리어 왕** 이놈은 자기가 따르는 여주인의

변덕스러운 총애를 믿고 거드름이나 피우는 놈이야.

꺼져라, 이 종놈아!

콘월 폐하, 왜 그러십니까?

거너릴 등장

리어 왕 누가 내 부하에게 족쇄를 채웠느냐?

445 리건, 넌 모르는 일이겠지?

이게 누구냐? 오, 하늘이여,

만약 당신들이 늙은이를 사랑한다면,

자비로운 권한으로 복종을 인정하며 나만큼 늙었다면

하늘의 사자를 내려 보내 저를 도와 주소서!

450 너는 이 수염을 보기가 부끄럽지도 않느냐?　　거너릴에게

오, 리건. 왜 저년의 손을 잡으려 하느냐?

거너릴 손을 잡으면 왜 안 돼요? 제가 뭘 잘못했는데요?

무분별한 사람이 그렇게 생각하고

노망난 이가 그렇게 말했다고 해서

455 　모든 것이 죄가 되는 건 아니에요.

리어 왕 아, 가슴아. 정말 질기구나!

아직도 버티려느냐? 어째서 내 부하에게 족쇄를 채운 게냐?

콘월 제가 채웠습니다, 폐하.

하지만 저놈이 한 난폭한 짓을 생각하면

460 　그보다 더 심한 벌을 받았어야 합니다.

리어 왕 자네가? 자네가 했다고?

리건 아버지, 제발.

아버지는 약하시니 약한 사람답게 처신하세요.

달을 채울 때까지 언니에게 돌아가 함께 지내시면서

465 　시종들의 수도 반으로 줄인 다음

제게 오세요.

저는 지금 집을 떠나 있고,

아버지의 접대에 필요한 물품을 마련하지도 못해요.

리어 왕 그년에게 돌아가라고? 오십 명을 해고하라고?

470 　싫다! 그 지붕 밑에 들어가느니 차라리

늑대나 올빼미의 벗이 되어 외기의 적과 싸우며

빈곤의 쓰라린 고통을 맛보는 것이 낫지.

그년에게 돌아가라고?

그러느니, 지참금도 없이 내 막내딸을 데려간
475 혈기 왕성한 프랑스 왕의 옥좌 앞에 무릎을 꿇고,
마치 부하처럼 생활비나 애걸복걸하면서
천한 목숨을 이어 가는 편이 나을 것이다.
그년에게 돌아가라고?
차라리 이 흉악한 놈의 노예나
480 말이 되라고 해라.   *오스왈드를 가리키며*

거너릴 그럼 마음대로 하십시오.

리어 왕 애야, 제발 나를 미치게 하지 마라.
이제부터 너를 괴롭히지 않으마. 잘 있거라.
이제 더 이상 만나지도 보지도 않겠다.
485 하지만 애야, 너는 여전히 나의 살이자 피, 내 딸이다.
내 것이라고 부를 수밖에 없는
내 살 속의 병이다.
너는 내 썩은 피에 뿌리박은
부스럼이고, 종기이며, 부어오른 옹이다.
490 그렇지만 널 나무라지는 않으마.
치욕을 당하게 되면 당하더라도 자초하진 않겠다.
나는 천둥 신에게 너를 치라 하고 않고
최고의 심판자인 주피터에게 너의 일을 이르고 싶지도 않다.
할 수 있을 때 고쳐라, 차분하게 보다 나은 사람이 되어라.
495 나는 참을 수 있다. 나는 리건과 함께 지내겠다.
내 백 명의 기사를 데리고.

리건 그렇게는 못합니다.

저는 아버지가 오시리라 생각하지도 않았고

아버지를 모실 준비가 되지 않았습니다.

500 그러니 언니 말을 들으세요.

왜냐하면 이성을 가진 이들은

아버지가 노여워하는 이유가 연로함 때문이라고 생각하여

잠자코 있는 것입니다.

그래서 —

505 하지만 언니는 자기 할 일을 알고 있죠.

리어 왕 진심으로 말한 게냐?

리건 그럼요, 진심입니다. 아니, 시종 오십이라뇨?

그만하면 충분하지 않나요? 그 이상 뭐가 필요하죠?

그래요, 그것도 너무 많지요.

510 비용으로 보나 위험으로 보나 너무 부담이 크잖아요?

한 집에서 그 많은 사람이 두 가지 명령을 받는다면

어떻게 평화가 유지될 수 있겠어요?

어렵고, 거의 불가능하지요.

거너릴 폐하, 동생의 하인이나 저의 하인이

515 시중을 들면 되지 않아요?

리건 왜 안 되는 거죠? 만약 하인들이 소홀히 한다면

우리가 기강을 잡겠어요.

저에게 오시려면 — 이제 위험을 알았으니 —

간청하오니 스물다섯만 데려오세요.

520   그 이상은 있을 데도 없을 뿐더러 인정도 안 할 거예요.

리어 왕 난 너희들에게 모든 걸 주었다.

리건 제때에 주신 거지요.

리어 왕 나는 너희들을

내 관리인이자 수탁자로 지명하는 대신에

525   그만한 수의 시종을 데리고 있을 권리를 따로 두었다.

그런데 뭐라고?

스물다섯만 데려오라고? 리건, 그렇게 말한 게 맞느냐?

리건 다시 말하지만, 폐하. 그 이상은 안 됩니다.

리어 왕 악한 것도 더 악한 것이 나타날 땐

530   좋게 보이는 법이지.

그렇게 악하지는 않으니 칭찬받을 수 있다고 해야 할까.

나는 너에게 가겠다.   *거너릴에게*

오십은 스물다섯의 갑절이니

너의 애정이 저년의 갑절이로구나.

535   **거너릴** 제 말을 잘 들으세요, 폐하.

스물다섯이나 뭐가 필요해요? 열, 혹은 다섯도 마찬가지죠.

집에서는 갑절이나 되는 하인들이

명령을 받들고 뒤를 보아 드릴 텐데요.

리건 하나라도 무슨 필요가 있담?

540   **리어 왕** 오, 필요를 따지지 말라!

가장 천한 거지의 소유물이 아무리 구차하더라도

필요 이상의 것이 있을 것이다.

자연이 우리에게 본능적인 필요 이상을 허용하지 않는다면
인간의 삶은 짐승이나 다름없이 천한 것이다.
545 너는 귀부인이지.
단지 몸을 따뜻하게 입는 것이 호사라고 생각한다면
지금 네가 입고 있는 그 사치스런 의복은 필요없을 것이다.
널 따뜻하게 해 주지도 못하는데.
그러나 진정 필요한 것은, 하늘이여, 제게 인내를 주소서.
550 인내가 필요합니다.
신들이여, 여기 이 애처로운 노인을 보소서.
나이만큼 슬픔에 찬, 그 두 불행에 시달리는 노인을!
당신들이 아비를 배신하도록 이 딸들을 부추겼다면
저를 가만히 참고 있을 바보로 만들지 마십시오.
555 고귀한 노여움으로 절 만져 주시고
여자의 무기인 눈물로 이 사나이의 뺨을
더럽히지 않게 해 주십시오!
안 된다, 잔혹한 마녀들아.
나는 너희 두 년에게 복수할 것이다.
560 온 세상이 ― 꼭 그렇게 하고 말 테다 ―
그게 무엇일지 나도 아직 알 수 없지만,
온 세상이 무서움에 떨게 될 것이다.
네년들은 내가 울 것이라 생각하지.
절대 아니야. 나는 울지 않는다. 울 이유야 많지.

폭풍우 소리

565 그렇지만 이 심장이 천 갈래 만 갈래로 찢겨도

나는 절대 울지 않아. 아, 광대야, 미쳐 버릴 것 같구나!

　　　　　　　　모두 퇴장[리어, 글로스터, 켄트, 광대]

콘월 자, 안으로 들어갑시다. 폭풍우가 올 것 같소.

리건 이 집은 좁아서 노인과 시종들이

모두 묵을 수가 없어.

570 **거너릴** 다 자업자득이지. 스스로 편한 것을 버렸으니까.

자신의 어리석음을 맛봐야 해.

리건 아버지 한 분이라면 기꺼이 받아들이겠지만

시종은 한 사람도 안 돼.

거너릴 나도 그래.

575 글로스터 백작은 어디 있지?

글로스터 등장

콘월 노인을 쫓아갔는데, 다시 돌아왔군.

글로스터 왕께서 대단히 노하셨습니다.

콘월 어디로 가셨소?

글로스터 말을 찾으셨는데, 어디로 가시는지는 모릅니다.

580 **콘월** 그냥 내버려두는 게 상책이오.

자기 고집대로 하실 테니까.

거너릴 백작, 절대로 붙들지 마세요.

글로스터 아, 밤이 옵니다. 바람도 거세지네요.

수 마일을 가도 근처에는 숲도 없습니다.

585 **리건** 백작, 고집불통인 사람에게는

스스로 부른 재앙이 좋은 스승이 돼야 해요.

문 닫으세요.

거느리는 시종도 위험한 자들인 데다

귀가 얇으시니 그자들이 아버지를 부추겨서

590 무슨 짓을 하게 할지 모릅니다. 조심해야 해요.

콘월 문을 닫아요. 글로스터 백작. 사나운 밤입니다.

리건의 말이 옳소. 폭풍우를 피합시다.　　　　　모두 퇴장

제3막

3막 1장30)

장면 6

폭풍우가 계속된다,
켄트와 신사, 각기 등장

켄트 날씨도 사나운데, 거기 누구요?

신사 이 날씨와 같이 마음이 아주 심란한 사람이오.

켄트 당신을 압니다. 왕은 어디 계시오?

신사 폭풍우와 싸우고 계십니다.

5 천지가 개벽이 되든지 아주 없어지게,

땅을 바다 속으로 불어 처넣거나

용솟음치는 바다가 육지를 덮어 버리라고 빌고 계십니다.

성미 급한 광풍은 맹목적인 분노로 격분해서

그의 백발을 움켜잡고 쥐어뜯으면서

10 왕께서는 인간이라는 소우주로

엎치락뒤치락 미쳐 날뛰는 폭풍우에 맞서고 있소.

새끼에게 젖을 빨려 허기진 곰도 굴속에 숨고

사자나 굶주린 늑대조차도 비를 피해

털가죽을 말리는 이 밤에

15 맨머리로 내달리며 자포자기하고 계십니다.

---

30) **장소** 광야, 글로스터 백작의 저택에서 그리 멀지 않은 곳이다.

켄트 누구와 함께 있소?

신사 광대 말고는 없습니다.

혼자서 상처 입은 왕의 마음을

익살로 위로하려고 애쓰고 있소.

20 **켄트** 나는 당신을 잘 알고 있소.

나의 사람 보는 눈을 믿고

중대한 일을 감히 부탁하고 싶소.

실은, 서로의 교활함 때문에 겉으로는 드러나지 않지만

올버니 공작과 콘월 공작은

25 서로 사이가 좋지 않소.

그 두 사람에게는— 운이 좋아 권력과 왕위에 오른

사람들이 흔히 그렇듯 — 겉보기는 하인이지만,

프랑스의 스파이가 되어

나라의 정보를 팔고 있는 놈들이 있소.

30 그들이 보고 들은 것,

두 공작의 분노건 음모건

혹은 늙고 선한 왕에 대한 가혹한 처사건,

또는 더욱 깊은 비밀이건,

그에 비하면 이런 것들은 그저 사소한 것에 불과하지만.

35 아무튼 프랑스 군대가

이 분할된 왕국에 몰려오고 있는 것만은 사실이오.

그들은 이미 우리가 방심한 틈을 타

이 나라의 주요 항구에 몰래 상륙해서는

공공연하게 군기를 내걸고

40 이제 선전포고 태세를 갖추고 있소.

그런데 당신에게 부탁이 있소.

나를 믿고 도버까지 서둘러 가 주실 수 있겠소?

그대에게 감사의 사례를 할 분이 계실 것이오.

왕께서 얼마나 인류와 자연의 상도를 벗어난

45 미칠 듯한 슬픔을 안고 계시는지

정확히 보고해 준다면 말이오.

나는 혈통이나 교육이 절대 비천한 사람이 아니오.

또한 내가 받은 정보에 확신이 있어서

그대에게 이 임무를 제안하는 것이오.

50 **신사** 더 자세한 얘기를 듣고 싶소.

켄트 아니, 그럴 필요는 없소.

내가 겉보기보다는 훨씬 나은 사람이라는 증거로,

이 지갑을 열고 안에 들어 있는 것을   지갑을 준다

가져가시오.

55 코딜리어 공주님을 보시거든,

―못 볼 리는 없지만―이 반지를 보이시오.   반지를 준다

그러면 공주님이 이제껏 당신이 모르는

나의 정체를 알려 줄 것이오. 제길, 폭풍우라니!

나는 왕을 찾으러 가겠소.

60 **신사** 악수라도 합시다. 더 할 말은 없소?

켄트 거의 다 했소. 그런데 무엇보다 중요한 게 있소.

왕을 찾거든 — 당신은 이쪽으로 가고,
나는 이쪽으로 가서 찾을 테니 — 먼저 찾은 사람이
소리를 지르기로 합시다.   퇴장[따로]

3막 2장
장면 6에서 계속

폭풍우가 계속된다,
리어 왕과 광대 등장

리어 왕 바람아 불어라. 뺨이 터지도록!
미쳐 날뛰어라, 불어라!
폭우여, 회오리바람아! 높은 탑이 잠기고
풍향계가 물에 가라앉을 때까지 실컷 퍼부어라.
5   너 지옥 같고 머리에 번뜩이는 생각처럼 빠른 유황불이여!
참나무를 쪼개는 벼락의 선구자!
나의 백발을 태워라! 천지를 진동하는 뇌성이여,
둥글고 퉁퉁한 세상 납작하게 부수어라!
인간 창조의 모태를 깨뜨려 배은망덕한 인간을 낳는
10   모든 씨를 당장에 쓸어 없애 버려라!
광대 오, 아저씨. 마른 집 안에서 아첨하는 것이
들판에서 비 맞는 것보다는 나아.

그러니 아저씨, 안으로 들어가 딸들의 축복을 구해.

이런 밤에는 똑똑한 사람이나 바보나 다 같이 비참하니까.

15 **리어 왕** 천둥아, 실컷 울려라! 불을 뿜어라! 비야 퍼부어라!

비나 바람이나 천둥이나 번개나 모두 내 딸은 아니지.

나는 너희를 불친절하다고 비난하지 않을 테다.

나는 너희에게 왕국을 준 적도, 자식이라 부른 적도 없다.

너희는 나에게 복종할 의무가 없다.

20 그러니 실컷 퍼부어라!

너의 노예요,

늙고 애처롭고 약해 빠지고 멸시 받는 이 노인네가

여기 서 있으니.

그렇지만 너희를 비굴한 대리인이라 부르겠다.

25 저 사악하기 이를 데 없는 두 딸과 한패가 되어

이렇게 늙고 머리 센 노인에게

하늘의 대군을 보내다니. 아, 정말 비열하구나!

광대 제 머리를 집어넣을 집이 있다는 것은

머리가 좋다는 증거야.

30 "머리 넣을 집도 아직 없는데   **노래한다**

불알 넣을 집을 마련한다면

머리에, 불알에 이투성이가 된다오.

거지들은 그렇게 장가를 들지.

마음속에 간직해야 할 것을

35 발가락에 달고 다니면

매독으로 고통 받아 슬피 울며

뜬눈으로 밤을 새워야 한다네."

아무리 예쁜 여자라 한들, 거울 앞에서

뾰로통한 표정을 안 지어 본 여자는 없으니.

켄트 등장   *카이우스로 변장*

40 **리어 왕** 아니다. 나는 온갖 인내의 모범이 돼야겠다.

아무 말도 말자.

켄트 거기 누구요?

광대 맹세컨대, 여기 있는 건 왕과 바보라오.

지혜로운 자와 바보가 있지.

45 **켄트** 아아! 폐하, 여기 계셨습니까?

밤을 즐기는 짐승들도 이런 밤은 좋아하지 않을 것입니다.

어둠 속을 돌아다니는 짐승들도

성난 하늘이 무서워 굴 안에 숨어 있습니다.

제가 철이 난 이래

50 이토록 성난 번개와 무시무시한 천둥과

저토록 미친 듯 울부짖는 비바람 소리를

들어 본 적이 없습니다.

사람의 본성은 이런 괴로움이나 무서움을 견디지 못합니다.

리어 왕 우리의 머리 위에서

55 이 무서운 혼란을 불러일으키는 위대한 신들로 하여금

이제 원수를 찾아내게 하라. 떨어라!

아직도 심판의 채찍을 받지 않은

비밀의 죄악을 품고 있는 악한아!

숨어라! 그 손을 피로 더럽힌 자여!

60 위증하는 자여! 근친상간을 저지르며 정조를 가장하는 자여!

몸이 산산조각 나도록 떨어라!

암암리에 그럴 듯한 가면을 쓰고

남을 모살하려는 악한아!

남의 눈을 꺼리는 죄악이여,

65 너희를 감춘 용기의 뚜껑을 열고

이 무서운 심판자에게 자비를 구해라.

나는 죄를 지은 게 아니라

그들이 지은 죄를 뒤집어쓴 사람이다.

켄트 이런, 모자도 안 쓰시고?

70 폐하, 이 근처에 움막이 있습니다.

폭풍우를 피할 수 있게 도움을 줄 것입니다.

거기서 쉬시는 동안

저는 다시 그 인정 없는 집에 가 보겠습니다.

— 돌덩어리보다도 더 차가운 저택,

75 방금 폐하 가신 곳을 물었더니

저를 집에 들이지도 않았습니다 — 그 집으로 돌아가

어떻게든 그들에게 예의라도 구해 보겠습니다.

리어 왕 내 정신이 이상해지는구나.

이리 오너라, 광대야. 넌 어떠냐? 추우냐?

80 나도 춥구나. 이봐, 그 짚자리는 어디 있느냐?

궁핍이라는 게 참으로 신기한 재주가 있구나.

비천한 것도 고귀하게 바꿔 버리다니.

자, 움막으로 가자.

가엾은 광대 바보 놈아, 내 속에는 아직도

85 너를 불쌍하게 여기는 구석이 있구나.

광대 "지혜가 부족한 사람은　　　　　　　**노래한다**

비가 오나 바람이 부나 허허 웃고

팔자려니 생각하면서 만족해야지.

날마다 비가 온대도."

90 **리어 왕** 정말 그렇다, 얘야. 자, 움막으로 데려가 다오.

　　　　　　　　　　　　모두 퇴장[리어 왕과 켄트]

광대 탕녀의 불같은 욕정을 식히기에 좋은 밤이다.

들어가기 전에 예언을 하나 해야겠다.

신부의 말이 행동보다 앞서면

술장사가 술에 물 타 망쳐놓으면

95 귀족이 재봉사의 선생 노릇을 하면

이교도가 화형을 면하고, 당하는 건 기생 서방뿐이라면

재판하는 사건마다 올바르다 하면

모든 종자 빚이 없고 가난한 기사도 없고

중상모략이 입에 오르내리지 않게 되고

100 소매치기도 사람 틈에 끼지 않으며

고리대금업자가 드러내놓고 돈을 세며

뚜쟁이 창녀들이 회개하고 교회를 세우면

그때는 알비온 나라 천지에

큰 혼란이 일어나지.

105　그때까지 살아 보면 알겠지만

발로 걷는 시기가 닥칠 것이야.

이 예언은 장차 멀린31)이 할 거야.

나는 훨씬 전 시대 사람이니까.　　　　　　　퇴장

3막 3장

장면 7

글로스터와 에드먼드 등장　　　　　　　횃불을 들고 있다

글로스터　아아, 에드먼드.

나는 이런 무도한 짓을 좋아하지 않는다.

왕을 불쌍히 여겨 도와 드리려고 허락을 받고자 했더니

내 집의 사용권을 빼앗았을 뿐만 아니라

5　　왕을 위해서 변명이나 탄원을 하거나,

어떤 식으로든 왕을 배려하면

---

31)　**Merlin** 영국 전설 속의 인물. 리어 왕의 시대는 아서왕의 시대보다 몇 세기나 앞
　　선다.

나와는 영원히 절교하겠다고 말씀하셨다.

에드먼드   정말 극악무도하군요.

글로스터   걱정할 것 없다. 아무 말 말아라.

10   두 공작은 서로 불화하며

그보다 더 불행한 일이 벌어지고 있다.

오늘 밤 편지 한 장을 받았는데,

— 말하는 건 위험하지 —

난 편지를 벽장 속에 넣고 잠가 버렸다.

15   왕께서 지금 받으시는 모욕에 관해서

반드시 보복이 있을 것이다.

이미 군대 일부가 상륙했다.

우리는 왕을 도와 줄 수밖에 없어.

내가 왕을 찾아서 은밀하게 보살펴 드릴 것이니

20   너는 가서 내 행동을 눈치 채지 못하도록

공작과 이야기를 나누어라.

만약 공작이 나를 찾거든 몸이 아파서 누워 있다고 하고.

죽는 한이 있어도— 생명의 위협이 없지도 않지만—

나의 오랜 주군이신 폐하를 구해 드리지 않으면 안 된다.

25   에드먼드, 앞으로 이상한 일이 벌어질 것이다.

부디 몸조심해라.   퇴장

에드먼드   이 금지된 충성심을 공작에게 당장 알려야겠다.

그리고 편지에 대한 일도. 꽤 큰 공적이 되겠지.

아버지가 잃은 걸 꼭 내 손에 넣어야겠다.

30   모든 걸 다.

노인이 쓰러지면 젊은 사람이 일어나는 법이거든.   *퇴장*

3막 4장[32]
장면 8

리어 왕, 켄트, 광대 등장   *켄트, 카이우스로 변장*

켄트 여깁니다, 폐하. 들어가십시오.

야밤의 횡포가 너무 사나워

사람이 견디기 힘들 지경입니다.

여전히 폭풍우가 친다

리어 왕 날 그냥 내버려 두어라.

5   **켄트** 폐하, 안으로 드시지요.

리어 왕 내 가슴을 찢을 작정이냐?

켄트 차라리 제 가슴을 찢겠습니다. 폐하, 들어가십시오.

리어 왕 너는 이 격렬한 폭풍우가 피부 속까지 들어오는 걸

대단한 일로 생각하는구나.

---

32) **장소** 광야의 움막 앞. 글로스터 백작의 저택에서 그리 멀지 않은 곳이다.

10　네게는 그럴 테지.

허나 더 심한 병에 걸렸을 때에는

그보다 심하지 않은 병은 거의 못 느끼는 법.

네가 곰을 피하다가 달아나는 앞길에

포효하는 바다가 가로 놓여 있다면

15　곰과 싸울 수밖에 없겠지.

마음이 자유로워야 몸도 민감해지지.

가슴속의 폭풍우 때문에

내 오감의 모든 감각이 사라져 버리고

남은 것은 오직 마음의 고통뿐이다.

20　자식의 불효란!

이건 마치 먹을 것을 입에 넣어 주는 손을

무는 것과 같지 않은가?

하지만 나는 엄하게 벌할 것이다.

아니, 더 이상 흐느끼지 않겠다.

25　이런 오밤중에 날 내쫓아?

비야 쏟아져라! 견딜 것이니.

이렇게 사나운 밤에? 오, 리건, 거너릴!

이 늙고 친절한 아비는 너그러운 마음으로 다 주었는데.

오, 생각하니 미칠 것 같구나. 그 생각은 말자.

30　그런 생각은 그만두자.

켄트　폐하, 이리로 들어가십시오.

리어 왕　너나 들어가거라. 나는 상관 말고 편히 쉬어라.

이 폭풍우 덕분에

여러 가지 괴로운 일들을 생각하지 않아도 되는구나.

35 그렇지만 나도 들어가겠다.

애, 너 먼저 들어가거라. 광대에게

집도 없는 가난뱅이—

아니, 너는 들어가거라.

나는 기도를 하고 나서 자야겠다. 퇴장[광대]

40 헐벗고 굶주린 가난뱅이들아. 무릎을 꿇는다

지금 너희가 어디 있든 간에

이 무정한 폭풍우를 맞으며 의지할 곳 없이 견디고 있겠지.

머리 둘 곳도 없고,

굶주린 배를 움켜쥐고

45 구멍 뚫린 누더기를 걸치고 있는데

어떻게 이런 폭풍우를 견디려 하느냐!

나는 여태 이런 일을 생각해 본 적이 없다!

영화를 누리는 자들이여,

이것을 약으로 삼아라.

50 자신을 드러내어 불행한 자들의 처지를 느껴라.

그래서 남은 것은 그들에게 나눠 주고

하늘에게 공평함을 보여라.

에드거와 광대 등장 움막에서 뛰쳐나온다

에드거 한길 반33)이다. 한길 반이야. 가엾은 톰!

광대 여기 들어가면 안 돼, 아저씨. 여기 귀신이 있어.

55 　사람 살려! 사람 살려!

켄트 자, 내 손을 잡아라. 거기 누구냐?

광대 귀신이야, 귀신. 자기 이름이 가엾은 톰이래.

켄트 그 짚자리 속에서 중얼대는 놈은 누구냐? 썩 나서라.

미친 거지로 변장한 에드거 등장

에드거 저리 가! 사악한 악마가 쫓아온다!

60 　가시 돋친 산사나무 사이로 바람이 분다.

　흠! 잠자리로 들어가 몸뚱이를 녹여라.

리어 왕 너도 두 딸에게 모든 것을 다 내줬느냐?

　그래서 이 지경이 된 게냐?

에드거 불쌍한 톰에게 누가 뭘 줘?

65 　무서운 악마는 불쌍한 톰을 불속으로,

　불꽃 속으로, 시내 속으로,

　여울 속으로, 늪 속으로, 수렁 속으로 끌고 다니고는,

　베개 밑에 칼을, 기도대에는 목매는 밧줄을,

　죽 옆에는 쥐약을 놓고, 교만을 불러 적갈색 말에 올라

70 　4인치밖에 안 되는 다리를 건너게 하고

　제 그림자를 반역자라고 쫓아가게 했어.

---

33) 에드거는 마치 물이 새는 배 안에 있는 선원처럼 움막에서 수심을 재는 듯 외치
　고 있다.

당신의 다섯 가지 능력34)을 축복하오.

톰은 추워. 덜덜덜.

신의 축복으로 회오리바람, 별의 재앙,

75 악마의 유혹에서 지켜 주소서!

가엾은 톰에게 제발 자선을 베풀어 줘.

무서운 악마가 괴롭혀.

이번엔 잡고야 말 테다. 저기, 어, 저기다! 저기.

여전히 폭풍우가 친다

리어 왕 저놈도 제 딸들 때문에 이 꼴이 되었나?

80 아무것도 남기지 않았느냐? 몽땅 내주었냐고?

광대 천만에. 담요 한 장은 남겼지.

그렇지 않았으면 우리 모두 욕을 볼 뻔했어.

리어 왕 자, 죄지은 인간의 머리 위에 떨어질,

공중에 걸린 모든 재앙이여,

85 네 딸들의 머리 위에 다 떨어져라!

켄트 저자에게는 딸이 없습니다, 폐하.

리어 왕 죽어라, 반역자 같으니! 불효한 딸들이 아니라면

아무것도 인간의 기력을 저렇게 떨어지게 할 수 없다.

제 육체를 저렇게 잔인하게 취급하는 것이

---

34) 재치, 상상력, 공상, 추측, 기억.

90 　자식에게 버림받은 아비들 사이에서 유행인가?

당연한 형벌이다! 아비의 생피를 빨아먹는

펠리컨35) 같은 딸을 낳은 것은 이 몸뚱이니까.

에드거　필리콕이 필리콕 언덕36)에 앉아 있다.

앨로, 앨로, 루, 루37)!

95 **광대**　이 추운 밤에 우리 모두 바보가 되든지

미치광이가 될 거야.

에드거　무서운 악마를 조심해. 부모에게 복종하라고.

약속을 지키고, 함부로 맹세하지 마.

남편 있는 여자와 간통하지 말고 호사스런 옷에 정신 팔지 마.

100 톰은 추워.

리어 왕　전에는 무슨 일을 했느냐?

에드거　이래봬도 잘 나가는 하인이었지.

머리를 지지고, 모자에는 장갑을 끼우고38),

주인아씨의 색정을 채우느라 어둠 속에서 그 짓도 하고,

105 입에서 나오는 대로 맹세를 하고는

그 맹세를 하나님 앞에서 깨뜨리기도 하고,

잘 때는 성욕을 만족시킬 궁리를 하고

자고 나서는 그것을 실행했지요.

---

35)　새끼 펠리컨은 어미의 피를 먹는다고 한다.

36)　자장가 운율의 일부. 필리콕은 남자 성기, 필리콕 언덕은 여자 성기를 나타낸다.

37)　loo loo 원래는 "Halloo"로 사냥꾼들이 개를 어르는 소리다. 수탉의 울음소리를
　　딴 것일 수도 있고 그저 의미 없는 소리일 수도 있다.

38)　정부가 준 선물을 가리킨다.

술을 좋아하고, 노름도 즐기고

110 터키 왕 뺨치게 호색한이고, 마음은 거짓이고, 귀는 얇고,

손은 피투성이, 게으르긴 돼지 같고.

교활하긴 여우같고, 탐욕스럽긴 늑대 같고

미치광이로는 개 같고, 사냥하는 건 사자 같았지.

삐걱거리는 구두 소리나 비단 옷 스치는 소리가 난다고

115 네 불쌍한 마음을 여자에게 주면 안 돼.

창녀촌에는 발을 들여놓지 말고, 치마 속에 손 넣지 말고,

고리대금 장부에는 이름을 올리지 말고,

사악한 악마는 쫓아 버려.

여전히 산사나무 사이로 차가운 바람이 부네.

120 숨, 문39), 노니40), 돌고래 같은 애야41), 이놈아, 셋사42)!

그놈을 보내 줘.

여전히 폭풍우가 친다

리어 왕 맨몸으로 이런 극심한 비바람을 맞느니

너는 차라리 무덤 속으로 들어가 버리는 게 낫겠다.

사람이 이것밖에 안 되느냐? 이 사람을 잘 봐라.

---

39) suum 에드거가 바람 부는 소리를 흉내낸 듯하다.

40) mun 유명한 노래의 후렴구의 일부로 종종 사용된다.

41) nonny 에드거가 상상 속의 말을 이르는 것으로 보인다.

42) sessa 사냥감을 모는 소리, 또는 프랑스어 cessez에서 나온 말이다.

125 너는 누에에서 비단도 얻지 못했고

짐승에게서 가죽도, 양에게서 털도,

고양이에게서 사향도 얻지 못했구나.

여기 있는 세 사람은 타락했는데, 너는 태어난 그대로다.

옷을 벗으면 인간은

130 너같이 불쌍하고 발가벗은 두발짐승에 불과해!

벗자. 벗어. 이런 빌려 입은 것들은!

자, 이 단추를 끌러라.   *자기 옷을 찢는다*

글로스터 횃불을 들고 등장

광대 아저씨, 제발 좀 참아.

수영하기에는 너무 나쁜 밤이야.

135 이런 때 황야의 작은 불은 음탕한 늙은이의 심장 같아.

작은 불꽃은 깜빡여도 나머지 몸뚱이는 차갑게 식어 버리지.

저기 봐, 불이 걸어온다.

에드거 저건 악마 플리버티지비트[43]로구나.

해 질 녘에 나타나 첫닭이 울 때까지 돌아다니지.

140 저놈 때문에 백내장이 생기고, 사팔뜨기, 언청이가 되는 거야.

익은 밀에 곰팡이가 피게 하고,

땅 위의 불쌍한 생명체를 해치는 것도 저놈 짓이야.

---

43) **Flibbertigibber** 악마의 이름(에드거가 언급하는 악마의 이름은 모두 새뮤얼 하
스넷의 《1603 기독교 선언》에 나온다).

"위솔드 성인이 황야를 세 번 돌아   **노래한다**

마녀44)와 그 부하 꼬마도깨비 아홉을 만났어.

145   내려오라 명령하고

더 이상 해치지 않기로 약속받았지.

썩 물러가, 마녀야. 없어져라!"

켄트 폐하, 왜 그러십니까?

리어 왕 저건 누구냐?

150   **켄트** 거기 누구냐? 무엇을 찾고 있느냐?

글로스터 너희는 누구냐? 이름들을 대라.

에드거 가여운 톰이야. 물속에 사는 개구리, 두꺼비,

올챙이, 도마뱀, 도롱뇽을 먹고 살아.

또 악마가 날뛰면 격분해서 샐러드로 쇠똥을 먹지.

155   늙은 쥐나 수채에 버려진 죽은 개도 삼키고

썩은 웅덩이의 이끼도 마셔.

매를 맞으며 이 마을 저 마을 쫓겨 다니고,

족쇄에 채워지고, 벌 받고 감옥에도 가.

웃옷이 세 벌, 속옷이 여섯 벌이고 말도 타고 칼도 찼지.

160   하지만 기나긴 7년 동안

톰의 음식은 생쥐와 쥐, 그런 작은 동물뿐이었어.

나를 따르는 놈을 조심해.

쯧, 스멀킨45)! 악마야!

---

44) 주로 자는 사람의 가슴에 올라가 있다는 여자 마귀로 악몽과 질식을 불러온다.

45) **Smulkin** 악마의 이름, 하스넷에 따르면 쥐의 모양을 하고 있다고 전해진다.

글로스터 폐하를 모시는 이가 이런 사람뿐입니까?

165 **에드거** 어둠의 왕자는 신사야.

이름은 모도, 마후46) 라고도 하지.

글로스터 폐하, 피붙이 자식들까지 악독해져서　　리어 왕에게

낳아 준 부모를 미워합니다.

에드거 가여운 톰은 추워.

170 **글로스터** 저와 같이 집으로 들어가시지요.

신하된 자로서 따님들의 무도한 명령에 따를 수는 없습니다.

제 집 문을 닫아걸고,

이 사나운 밤에 시달리게

놔 두라는 명령을 받았습니다.

175 그렇지만 저는 위험을 무릅쓰고 폐하를 찾아

불과 음식이 있는 곳으로 모시려 합니다.

리어 왕 먼저 이 철학자와 이야기를 해야겠다.

천둥이 왜 치는가?　　　　　　　　에드거에게

켄트 폐하, 저분의 말씀대로 안으로 들어가시지요.

180 **리어 왕** 나는 테베에서 온

박학한 그리스 철학자와 이야기를 하고 싶다.

당신은 무엇을 공부하는가?　　　　에드거에게

에드거 악마를 막고 해충을 죽이는 거지.

리어 왕 한마디만 사적으로 물어보자.　　둘만 따로 이야기한다

---

46) Modo, Mahu 모두 악마의 이름.

185 **켄트** 폐하께 들어가시자고 한 번만 더 청하십시오.

정신이 온전하지 않으신 것 같습니다.   *글로스터에게*

글로스터 폐하 탓을 할 수 없지.

계속 폭풍우가 친다

딸들이 폐하를 죽이려고 하는데. 아아, 훌륭한 켄트!

그가 이렇게 되리라고 말했지. 가엾게 추방된 이여!

190 당신은 폐하께서 미쳤다고 말하지만,

솔직히 나도 거의 미쳤소.

내 아들 하나가 내 목숨을 노렸소.

지금은 인연을 끊었지만.

그것도 아주 최근 일이오. 나는 그놈을 사랑했소.

195 세상에 나보다 아들을 더 사랑하는 아비는 없을 거요.

실은, 슬픔이 나를 미치게 한다오. 무슨 밤이 이런지!

폐하, 제발.   *리어 왕에게*

리어 왕 아, 용서하시오. 철학자 선생.

같이 들어갑시다.   *에드거에게*

200 **에드거** 톰은 추워.

글로스터 이봐, 움막으로 들어가서 몸을 녹여.   *에드거에게*

리어 왕 모두 같이 들어가자.

켄트 이쪽으로 오십시오, 폐하.

리어 왕 저 사람하고 가겠다.

205 　내 철학자와 함께 있고 싶어.

켄트 나리, 폐하를 달래서 저자를 함께 데려가게 하시지요.

　　　　　　　　　　　　　　　　　　　　　　글로스터에게

글로스터 그럼 당신이 데리고 가시오. 　　　　　　켄트에게

켄트 이봐, 이리 와. 우리와 함께 가자. 　　　　　에드거에게

리어 왕 자, 가요. 아테네에서 온 선생.

210 **글로스터** 조용히, 조용히 해요. 쉿.

에드거 컴컴한 탑에 다다른 젊은 기사 롤랑[47]

그의 신호는 항상 같았지. 파이, 포, 펌,

영국 사람의 피 냄새가 난다.[48] 　　　　　　모두 퇴장

3막 5장[49]

장면 9

콘월과 에드먼드 등장

콘월 이 집을 떠나기 전에 복수를 할 테다.

에드먼드 하지만, 공작님.

---

47) 프랑스 전설의 인물 롤랑을 노래하는 옛 민요에서 따온 것이다.

48) 동화《잭 더 자이언트 킬러Jack the Giant Killer》에 나오는 거인의 울부짖음을 가리킨다.

49) **장소** 글로스터 백작의 저택.

아비를 버리고까지 충성을 했다고,

세상의 비난을 받을 걸 생각하니 두렵습니다.

5　**콘월** 이제 생각해 보니,

자네 형이 아비를 죽이려 했던 게 극악한 성질 때문이 아니라

그자의 속에 든 악함에 자극을 받아 일을 저지른 것이다.

에드먼드 올바른 일을 하면서도 자책감을 갖는 자의 운명은

얼마나 기구합니까!

10　이것이 그가 말한 편지인데,　　　　　　　　　*편지를 보이며*

이게 바로 그가 프랑스의 이익을 위해

스파이 짓을 했다는 증거입니다. 오, 하늘이시여!

이러한 반역이 없거나

내가 그걸 간파한 자가 아니었더라면!

15　**콘월** 나와 함께 공작 부인에게 가세.

에드먼드 만약 이 편지의 내용이 확실하다면

공작님 신변에 중대한 일이 닥칠 것입니다.

콘월 사실이든 아니든,

이제 자넨 글로스터 백작이 되었다.

20　자네 아비가 어디 있는지 찾아내게.

즉시 체포하겠다.

에드먼드 그가 왕을 위로하고 있는 걸 찾아낸다면　　　*방백*

그의 혐의는 더욱 확실해질 것이다.─

혈육 간에 갈등이 심화된다 하더라도

25　저는 끝까지 충성의 길을 가겠습니다.

콘월 자넬 믿는다.

자네 아비 이상으로 사랑을 주겠네.   모두 퇴장

3막 6장[50)]
장면 10

켄트와 글로스터 등장

글로스터 한데보다는 여기가 나으니 고맙게 생각하시오.

될 수 있는 대로 힘을 써서 편히 모실 것이오.

곧 돌아오겠소.   퇴장

켄트 울화 때문에 왕은 완전히 분별력을 잃으셨습니다.

5   당신의 친절에 감사합니다!

리어 왕, 에드거, 광대 등장   에드거, 가여운 톰으로 변장

에드거 프라테레토[51)]가 나를 불러 말했어.

네로는 어둠의 호수[52)]에서 낚시하는 사람이라고 말이야.

---

50) **장소** 분명치 않으나 아마 글로스터 백작 저택의 별채로 짐작할 수 있다.

51) Frateretto 악마의 이름.

52) 그리스 신화에 나오는 삼도천을 의미한다. 네로는 생모를 살해했는데 그녀는 죽기 전까지 계속 자궁을 찔러 달라고 요청한다. 아들이 그곳에서 자랐기 때문이다.

기도해, 순진한 친구. 무서운 악마를 조심하라고.

광대 아저씨, 말해 봐.

10 미친 사람이 신사인지, 시골의 지주인지?

리어 왕 왕이야, 왕!

광대 아냐, 신사가 된 아들을 둔 지주야.

아들이 먼저 신사가 된 시골 지주는 미치광이지 뭐야.

리어 왕 천의 악마가 새빨갛게 단 꼬챙이를 가지고

15 딸년들에게 덤볐으면.

에드거 흉악한 악마가 내 등을 물어.

광대 길들인 늑대, 튼튼한 말, 소년의 사랑,

창녀의 맹세를 믿는 놈은 미치광이야.

리어 왕 그렇게 하고 말 테다. 그년들을 당장 기소할 거야.

20 자, 여기 앉으시게, 유식한 재판관.　　　　　　　　　*에드거에게*

현자는 여기 앉고,　　　　　　　　　　　　　　　*광대에게*

아니, 이 암여우들.

에드거 저기서 악마가 노려보고 있어.

마님, 방청객이 필요해요?

25 냇물을 건너와라, 베시. 내게로[53]

광대 "배에 물이 새는데　　　　　　　　　　　　　*노래한다*

그녀는 말을 못해.

왜 감히 그대에게 가지 못하는지."

---

53) Come o'er the bourn, Bessy, to me- 당시 유행하던 노래.

에드거 흉악한 악마가 꾀꼬리 소리를 내며

30   불쌍한 톰을 쫓아다녀. 홉던스[54]가 톰의 뱃속에서

   흰 청어 두 마리를 달라고 야단이 났어요.

   푸념 마라, 검은 천사야. 네게 줄 음식은 없단다.

켄트 괜찮으십니까, 폐하?

   그렇게 멍하니 서 계시지 마시고

35   여기 누워서 좀 쉬시겠습니까?

리어 왕 먼저 그년들의 재판을 열겠다. 증인을 불러오너라.

   법복을 입은 재판관님, 자리에 앉으시지요.   *에드거에게*

   그리고 너도 공평한 동료로서 그 옆 벤치에 앉고.   *광대에게*

   그리고 재판 위원 당신도 앉으시오.   *켄트에게*

40   **에드거** 공정하게 처리하자.

   즐거운 양치기야, 자느냐 깼느냐?

   양 떼가 옥수수 밭에 있다.

   네가 구성지게 휘파람 한 번 불어 주면

   양 떼는 아무 탈 없으련만.

45   야옹[55], 고양이는 회색이다.

   리어 왕 우선 저년을 심문해. 저년은 거너릴이야.

   이 존경하는 분들 앞에서 맹세합니다.

---

54) 음악과 관련된 악마(에드거가 언급했던 모든 악마들처럼 새뮤얼 하스넷의
《1603 기독교 선언》에서 나오는 이름).

55) 원문은 purr, 하스넷이 악마를 purr라고 불렀다. 또한 사람들은 악마가 고양이
의 모습을 하고 있다고 생각했다.

저년은 제 부친인 불쌍한 왕을 발로 찼습니다.

광대 부인, 이리로 오시오. 당신 이름이 거너릴이오?

50 **리어 왕** 아니라고 못할 거야.

광대 아, 실례하오. 당신이 고급 의자인 줄 알았소.

리어 왕 여기 또 한 년이 있다.

그 일그러진 낯짝을 보면

그년의 심장이 무엇으로 만들어졌는지 알 수 있지.

55 그년을 세워!

무기, 무기를, 칼, 횃불을 가져와! 법정이 부패했구나!

타락한 재판관들, 왜 그년을 달아나게 두었어?

에드거 당신의 다섯 가지 능력에 축복이 있기를!

켄트 아, 가엾어라! 그토록 호언장담하시던

60 자제심은 어디로 갔습니까?

에드거 너무나 애처로워 눈물이 쏟아지네.   방백

변장이 탄로 나겠어.

리어 왕 저 작은 개들 좀 봐.

트레이, 블랜치, 스윗하트56) 모두 나를 보고 짖네.

65 **에드거** 톰이 이 머리를 던져서57) 개들을 쫓아 버리겠다!

입이 희든 검든

물면 독이 나오는 이빨

---

56) 모두 개 이름, 키우던 암캐들조차 자신을 등진다고 상상했다. 개 이름은 리어 왕
   의 딸들을 암시한다(트레이는 고통, 블랜치는 속임수 또는 아첨을 의미).

57) 의미 불확실, 아마도 일종의 위협을 암시한다.

마스티프, 그레이하운드, 잡종 개,

하운드, 스패니얼, 암캐, 염탐 캐

70 꽁지 없는 놈, 꼬리 있는 놈

모두 톰이 울부짖게 해 줄 테다.

이렇게 머리를 집어 던지면

개들이 울타리를 넘어 모두 달아나겠지.

덜덜덜 셋사! 밤샘하는 잔칫집으로, 장터로,

75 거리로 나가자. 가여운 톰, 네 쇠뿔 잔58)은 비었다.

리어 왕 그 다음엔 리건을 해부해서,

그년의 심장에 무엇이 들어 있나 살펴보자.

이렇게 잔인한 마음을 만들어 내는 천성에

무슨 특별한 원인이 있을까?

80 당신을 내 백 명의 부하 속에 끼워 주리다. 　　　에드거에게

근데 옷차림이 마음에 안 들어.

페르시아풍이라고 하겠지만 그런 옷은 바꿔 입도록 해.

글로스터 등장 　　　　　　　　　　　　　　　멀리서

켄트 폐하, 이곳에 누워서 잠시 쉬십시오.

리어 왕 조용히 해라, 조용히 해. 커튼을 쳐라.

85 그래, 그래. 저녁은 아침에 먹자. 　　　　　　　　잔다

---

58) 거지들이 목에 걸고 다니는 뿔로 만든 술잔.

광대 그럼 나는 점심때 자야지.

글로스터 이리 와 보시오. 폐하는 어디 계시오?　　　켄트에게

켄트 여기요. 하지만 그대로 두십시오.

지금 제정신이 아니십니다.

90　**글로스터** 이보시오, 제발 왕을 팔에 안으시오.

왕을 살해하려는 음모를 엿들었소.

탈것을 준비했으니 왕을 눕히고

도버59)까지 모셔 주오.

그곳이라면 환영과 보호를 받을 것이오.

95　자, 폐하를 안아 올리시오.

반시간만 지체해도 왕의 목숨은 물론

당신이나 왕을 보호하려는 모든 사람의 목숨까지도

잃을 것이 틀림없소.

자, 왕을 일으켜 안으시오.

100　그리고 나를 따라오시오.　　　　　　리어 왕을 옮긴다

여정에 필요한 물건이 있는 곳으로 안내하겠소.

어서 벗어납시다.　　　　　　　　　　모두 퇴장

켄트 고뇌하는 천성이 잠들었구나.

이렇게 쉬시면 바스러진 신경도 진정되겠지.

105　하지만 이것도 기회를 놓치면 치유하기 어려워.

자, 왕을 모시도록 도와 줘.　　　　　　광대에게

---

59) Dover 남부 해안의 항구.

뒤에 처지지 말고.　　　　　*모두 퇴장[에드거 남는다]*

에드거 우리보다 높은 분들이

우리와 같은 고통을 견디는 걸 보면

110　　나의 불행을 원수라고 생각할 수조차 없구나.

태평한 일이나 행복한 광경을 뒤로 하고

혼자서 고통받을 때 느끼는 정신적 고통이 가장 심하지.

그러나 슬픔에 동료가 있고 인내에 벗이 있다면

마음은 더한 고통도 건너뛰게 된다.

115　　나를 굽히게 하는 것이 왕을 굴복하게 만드니

이제 내 고통은 얼마나 가볍고 견디기 쉬운가.

왕은 딸들 때문에, 나는 아버지 때문에. 톰, 가자!

너를 더럽힌 오해가 거짓임이 드러나

증거가 철회되고 화해가 이루어지거든

120　　중대한 소문에 귀 기울이고 너의 정체를 밝혀라.

오늘 밤에 무슨 일이 더 일어나든

왕께서 무사히 피신만 하셨으면.

숨자, 숨자.　　　　　　　　　　　　*퇴장*

3막 7장⁶⁰⁾

장면 11

콘월, 리건, 거너릴, 에드먼드와 시종들 등장

콘월 올버니 공작에게 급히 돌아가 이 편지를 보이시오.

거너릴에게 편지를 건넨다

프랑스 군이 상륙했습니다.

반역자 글로스터를 찾아라.   *[몇몇 시종들 퇴장]*

리건 당장 교수형에 처하세요.

5   **거너릴** 눈을 뽑아 버려요.

콘월 그놈의 처분은 내게 맡겨요.

에드먼드, 자넨 올버니 공작 부인을 모시고 가게.

우리가 반역자인 자네 아비에게 복수하는 걸

자네 눈으로 보는 건 적절치 않지.

10   올버니 공작에게 가거든

서둘러 전투 준비를 하라고 하게.

우리도 그렇게 할 테니까.

전령을 두어 서로 정보를 전달하도록 하지. 처형, 잘 가시오.

잘 가게, 글로스터 백작.

---

60) **장소** 글로스터 백작의 저택.

오스왈드 등장

15 어찌 되었느냐? 왕은 어디 있지?

오스왈드 글로스터 백작이 모시고 갔습니다.

서른 대여섯이나 되는 왕의 기사들이

필사적으로 왕을 뒤쫓아 대문에서 만났는데,

다시 백작의 기사와 합류하여 왕을 모시고

20 도버로 가 버렸습니다.

그쪽에는 무장한 동지들이 많다고 호언하고 있습니다.

콘월 공작 부인이 타실 말을 준비해라.

거너릴 안녕히 계세요, 공작님. 동생, 너도.

　　　　　　　　　모두 퇴장[거너릴, 에드먼드, 오스왈드]

콘월 에드먼드, 잘 가게.

25 반역자 글로스터를 찾아서

도둑놈처럼 팔을 묶어 내 앞으로 끌고 와.

　　　　　　　　　　　　　[다른 하인들 퇴장]

재판 없이 그놈에게 사형선고를 내리는 건 부당한 일이지만,

우리의 분노를 생각하면 굴복시킬 수는 있겠지.

사람들이 비난은 해도 별수 없어.

글로스터와 하인들 등장

30 거기 누구냐? 반역자구나?

리건 배은망덕한 여우 놈! 그자예요.

콘월 당장 말라빠진 팔을 결박해라.

글로스터 왜 이러시오? 친구분들.

두 분은 제 손님이 아니십니까?

35 저한테 험한 짓은 마시오, 친구들.

콘월 그놈을 묶으라 했다.   *시종들이 그를 결박한다*

리건 단단히, 단단히 묶어라. 이 더러운 반역자!

글로스터 하는 짓이 무자비하구려. 난 반역자가 아니오.

콘월 이 의자에다 묶어 놔.

40 이 나쁜 놈, 맛 좀 봐라.   *리건이 그의 수염을 뽑는다*

글로스터 하나님, 맙소사! 이런 치욕이 어디 있소.

내 수염을 뽑다니.

리건 이렇게 백발이 성성한데 감히 반역을 저질러?

글로스터 부인, 정말 잔혹하시오.

45 당신이 내 턱에서 뽑아 낸 수염들이

다시 살아나 당신을 비난할 것이오.

나는 이 집 주인이오.

환대하는 주인의 얼굴에 도둑 같은 손으로

이런 짓을 하면 안 되오. 어쩌려고 이러시오?

50 **콘월** 이봐, 프랑스에서 무슨 편지를 받았지?

리건 사실을 알고 있으니 솔직히 자백해.

콘월 최근 이 나라에 상륙한

반역자들과 무슨 음모를 꾸몄지?

리건 미친 왕을 누구 손에 넘겼느냐? 말해.

55 **글로스터** 추측에 불과한 편지를 한 통 받았습니다.

중립적 입장을 취하는 사람한테서 온 것이지

결코 적에게서 온 것이 아닙니다.

콘월 교활하군.

리건 거짓이야.

60 **콘월** 왕을 어디로 보냈어?

글로스터 도버로 보냈소.

리건 왜 도버로 보내? 목숨이 위태로운 짓이 아니냐?

콘월 왜 도버로 보냈냐고? 대답을 들어 보자.

글로스터 곰같이 말뚝에 묶여 있으니

65 개떼의 습격을 받겠구나.

리건 왜 도버로 보냈어?

글로스터 당신의 그 잔인한 손톱으로

불쌍한 늙은이의 두 눈을 뽑고,

당신의 사악한 언니가 그 멧돼지 같은 어금니로

70 성스런 국왕의 옥체를 꿰뚫는 것을

차마 볼 수 없었기 때문이다.

지옥같이 어두운 밤에,

맨 머리로 그 심한 폭풍우를 다 맞으셨을 때는

대해의 노도怒濤도 충천하여 별의 광채를 꺼 버렸을 것이다.

75 하지만 가여운 노왕께서는 하늘에 비를 내리라고 하셨다.

이런 잔혹한 밤에 늑대가 대문 밖에서 울어 댄다면

당신들은 '문지기야, 문을 열어라'라고 말했을 것이다.

어떤 짐승 같은 자도 그렇게 행동했을 것이다.

그러나 나는 날개 달린 복수의 여신이

80 그런 불효자식들을 습격하는 것을 볼 것이다.

콘월 그런 일은 결코 없을 것이다. 이봐, 의자를 붙잡아.

네 놈의 두 눈을 내 발로 짓밟고야 말 테다.

글로스터 오래 살기를 바라는 사람이 있거든

나를 좀 도와 다오! 오 잔인하도다! 아아 신들이여!

콘월, 눈을 도려내어 짓밟는다

85 **리건** 한쪽 눈이 다른 쪽을 비웃겠지. 다른 쪽도 빼 버려요.

콘월 그래, 복수의 여신을 보려거든.

시종 그만두십시오, 공작님.

저는 어렸을 적부터 죽 공작님을 모셔 왔습니다.

그렇지만 지금 그만두라고 말씀드리는 것보다

90 더 큰 충성은 없다고 생각합니다.

리건 무엇이 어째, 이 개 같은 놈!

시종 당신 턱에 수염이 나 있다면   리건에게

당신의 수염을 잡고 흔들었을 것이오. 어째서 이러시오?

콘월 이 종놈이?   칼을 뽑아 싸운다

95 **시종** 자, 덤비시오. 분노의 칼을 받아라.

리건 칼을 이리 다오. 천한 것이 대들다니!   다른 시종에게

하인을 죽인다

시종 아, 난 죽는구나!

백작님, 아직 한쪽 눈이 남았으니 보십시오.

내가 저자에게 입힌 상처를요. 아!   죽는다

100 **콘월** 더 이상 못 보게 막아야지. 나와라, 더러운 젤리!

이제 네 빛나는 눈은 어디 있느냐?

글로스터의 다른 쪽 눈알을 파낸다

글로스터 암흑과 쓸쓸함 뿐이구나.

나의 아들 에드먼드는 어디 있느냐?

에드먼드, 효성의 불꽃에 불을 지펴

105 이 끔찍한 행위에 복수를 해 다오.

리건 닥쳐, 배은망덕한 악당!

네가 찾는 그 인간은 너를 미워해.

너의 모반을 우리에게 밀고한 자가 바로 에드먼드야.

너 같은 놈을 동정하는 일은 없을 거다.

110 **글로스터** 아, 내가 어리석었다!

그렇다면 에드거가 모략을 당한 게야.

자비로운 신들이시여, 저를 용서하시고, 그를 보살펴 주소서!

리건 문밖으로 끌어내라.

도버까지 냄새를 맡고 가라고 해.

하인이 글로스터를 데리고 퇴장

115 아니, 여보? 얼굴빛이 왜 그래요?

콘월 상처를 입었소. 따라오시오, 부인.

저 눈 없는 악당을 쫓아내.

이 종놈은 거름통에 던져 버려.

리건, 출혈이 심하오.

120 안 좋은 때에 상처를 입었소. 나를 좀 잡아 주오. 모두 퇴장

시종 1 만약 이따위 인간이 잘 된다면

나는 무슨 사악한 짓이라도 할 테야.

시종 2 만약 저 여자가 오래 살아서

마지막에 편히 죽음을 맞이한다면

125 여자들은 모두 괴물로 변할 거야.

시종 1 늙은 백작님을 쫓아가세.

그래서 베드럼의 거지가

그분이 원하는 곳으로 안내하게 하자고.

미치광이니 무슨 짓이든 할 거야.

130 **시종 2** 그렇게 하게.

나는 백작님의 피투성이 얼굴에 바를

아마포와 달걀흰자를 구해 보겠네.

아, 하늘이여. 그분을 도와 주소서! 각각 퇴장

제4막

4막 1장⁶¹⁾
장면 12

에드거 등장   *가여운 톰으로 변장*

에드거 멸시를 당하고, 그 사실을 아는 것이

남의 아첨에 속는 것보다는 낫구나.

운명의 버림을 받아

최악이 되어 밑바닥으로 떨어지면

5   남는 것은 희망뿐, 공포는 사라져 버리지.

가장 비참한 변화란 행운에서 멀어지는 것이야.

최악에 이르면 또 다시 웃게 되는 것. 그렇다면 환영한다.

보이지 않는 바람이여, 너를 이 가슴에 껴안겠다!

네 덕분에 밑바닥까지 떨어졌지만

10   너에게는 신세 진 것 없다.

글로스터와 노인 등장

그런데 누가 이리로 오고 있지?

가엾게도 아버지가 끌려오다니?

세상에, 세상에, 세상에 이럴 수가!

---

61) **장소** 광야, 글로스터 백작의 저택에서 그리 멀지 않은 곳이다.

너의 뜻하지 않은 돌변 때문에 세상이 싫어져,

15   오래 살고픈 마음도 없어진다.

노인 아, 주인 나리. 저는 나리 집안의 가신으로서

선대부터 지난 80년 동안 섬겨 왔습니다.

글로스터 저리 가라! 제발 가! 친구여, 가라고.

자네 호의는 전혀 소용이 없어.

20   자네에게 해가 될 거야.

노인 하지만 길을 못 보시지 않습니까.

글로스터 갈 길이 없으니, 눈이 필요가 없네.

눈이 보일 때는 넘어졌지. 흔히 보는 사실이야.

있으면 방심을 하지만 완전히 없는 것도 유익하게 되지.

25   아, 나의 아들 에드거야.

속아 넘어간 네 아비의 노여움에 희생물이 되었구나!

만일 살아서 네 몸을 만져 볼 수 있다면

내 눈을 다시 가졌다고 말할 수 있겠지!

노인 이봐, 거기 누구냐?

30   **에드거** 아, 신들이여!   방백

'최악이다!'라고 누가 말할 수 있을까?

나는 그 어느 때보다도 비참하구나.

노인 가여운 톰이구나.

에드거 더욱 비참해질지도 몰라.   방백

35   '지금이 최악이다!'라고

말할 수 있는 한 아직 최악은 오지 않은 거야.

노인 이봐, 어디 가?

글로스터 거지인가?

노인 미친 자이고 거지입니다.

40 **글로스터** 그래도 정신은 있겠지.

그렇지 않으면 구걸도 못할 테니.

어젯밤 폭풍우가 칠 때, 그런 놈을 보았는데

인간은 구더기라는 생각이 들더군.

그리고 아들놈이 떠올랐는데,

45 나의 마음은 아직 그를 용서할 수 없었다.

그 뒤에 여러 소문을 들었어.

장난꾸러기 아이들이 장난으로 파리를 잡듯

신들도 우리를 그렇게 대하지.

신들은 우리를 장난처럼 죽이거든.

50 **에드거** 어쩌다 이리 됐을까? 방백

슬픔을 두고 광대 노릇을 해야 하는 건 나빠.

자신은 물론 다른 사람들까지 괴롭히는 거지.

안녕하시오, 주인님!

글로스터 저게 벌거벗은 친군가?

55 **노인** 예, 그렇습니다.

글로스터 자네는 이제 돌아가게.

나를 위해 여기서부터 도버까지 가는 길을

한 두 마일쯤 따라올 생각이 있다면

옛정을 생각해서 그리 하게.

60 　그리고 이 벌거벗은 자에게 걸칠 것을 좀 주게나.

이자에게 길 안내를 부탁할 걸세.

노인 하지만 나리, 이놈은 미치광이입니다.

글로스터 미치광이가 장님을 이끄는 것도 이 시대의 저주지.

내 말대로 하게, 그렇지 않으면 마음대로 해.

65 무엇보다도 어서 가.

노인 가진 것 중에서 가장 좋은 옷을 가져오겠습니다.

무슨 일이 일어나든 상관없습니다. 　　　　　　　　　　퇴장

글로스터 이봐, 벌거벗은 친구.

에드거 가여운 톰은 추워.

70 더 이상은 숨길 수 없구나. 　　　　　　　　　　방백

글로스터 이리 와라, 이놈아.

에드거 하지만 숨겨야만 해. 저 눈을 봐. 　　　　방백

피를 흘리고 있어.

글로스터 너, 도버로 가는 길을 아느냐?

75 **에드거** 계단과 대문, 말이 가는 길과 걸어가는 길은 다 알지.

가여운 톰은 악마에게 놀라 제 정신이 아니야.

좋은 가문의 자제여, 흉악한 악마를 조심하라.

불쌍한 톰 안에 다섯 악마가 한꺼번에 있어.

음란한 오비디컷, 벙어리 왕자 호비디던스,

80 도둑질하는 마후, 살인하는 모도,

오만상을 찌푸리는 플리버티지빗.

나중에 이놈들은 청소부나 시녀들에게 달라붙었지.

그러니 조심해요, 주인님.

글로스터 자, 이 지갑을 받아.　　　　　　　　　　지갑을 준다

85　너는 하늘의 재앙을 받아

모든 풍파를 겪는구나.

내가 비참한 게 너에게는 더 행운이겠지.

하늘이여, 늘 그렇게 해 주옵소서.

호의호식하며, 하늘의 섭리를 무시하고,

90　몸소 겪지 않으면

빈민의 쓰라림을 보려고 하지 않는 자들에게

당신의 힘을 빨리 느끼도록 하여 주소서!

그리하여 분배는 지나치지 않고,

각자 넉넉히 갖게 되리라.

95　너, 도버로 가는 길을 아느냐?

에드거 예, 주인님.

글로스터 저기 절벽이 있는데,

그 높고 튀어나온 머리가

좁은 해협을 무섭게 내려다보고 있다.

100　나를 그 절벽의 가장자리로 데려가 다오.

그러면 내 몸에 걸치고 있는 값나가는 물건들로

네가 짊어진 그 불행을 해소해 줄 것이다.

거기부터는 날 안내할 필요가 없다.

에드거 팔을 주세요.

105　가여운 톰이 안내해 드리지요.　　　　　　　모두 퇴장

4막 2장⁽⁶²⁾

장면 13

거너릴, 에드먼드, 오스왈드 등장

거너릴 어서 오세요, 백작. 그런데 웬일이지?

그 유순한 남편이 마중도 안 나오다니.

주인 나리는 어디 계시냐?

오스왈드 안에 계십니다, 마님. 그런데 완전히 변하셨습니다.

5　적군이 상륙했다고 말씀드렸더니 웃으셨습니다.

마님께서 오신다고 알렸더니

"더 나쁘다"라고 하셨습니다.

글로스터의 반역과 그 아드님의 충성을 말씀드렸더니

저에게 어리석다 하시며 잘못 알고 있다고 하셨습니다.

10　가장 싫어하셔야 할 것을 기분 좋게 생각하시고

즐거운 일이 싫으신가 봅니다.

거너릴 그러면 들어가지 않는 게 좋겠네요.　　*에드먼드에게*

그이는 겁쟁이여서 대담하게 행동하지 못해요.

보복해야 마땅한 모욕을 받으면서도 모른 체하려고 해요.

15　여기 오는 동안 우리가 말한 희망은 이루어질지도 모르겠네요.

에드먼드, 제부에게 돌아가세요.

---

62)　**장소** 거너릴과 올버니 공작의 궁 밖.

그의 병력을 급히 소집해서 그 군대를 지휘하세요.

나는 이 집에서 여자의 역할을 바꿔

남편의 손에 실패를 쥐어 줄 테니까.[63]

20   그리고 이 하인은 믿을 수 있으니

우리 둘 사이에 연락을 담당할 거예요.

당신 자신을 위해 모험을 하겠다면 연인의 명령을 들어요.

이것을 지니고, 아무 말 말아요.   정표를 준다

머리를 숙여 봐요. 이 키스가 말을 한다면   그에게 키스한다

25   당신의[64] 기분이 하늘로 솟구치게 해 줄 거예요.

알아들었으면 잘 가요.

에드먼드 죽어서도[65] 나는 당신의 것이오.   퇴장

거너릴 나의 가장 소중한 글로스터!

오, 같은 남자라도 어쩌면 저렇게 다를까!

30   당신이야말로 여자의 사랑을 받을 만하지.

지금은 바보[66]가 내 몸을 차지하고 있어요.

오스왈드 마님, 공작님께서 오십니다.   퇴장

올버니 등장

---

63) 남편에게 대답할 의무를 지운다는 뜻이다.

64) 에드먼드에게 점점 친근한 대명사를 사용하기 시작한다.

65) '오르가슴'을 가리킨다.

66) 올버니.

거너릴 전에는 나도 휘파람67) 불어 줄 가치가 있었건만.

올버니 아, 거너릴,

35 당신은 당신 얼굴에 부는 거친 바람의
먼지만도 못한 사람이오.
나는 당신의 그 성질이 두렵소.
자기를 낳아 준 그 근원을 멸시하는 본성이
제 본분을 지킬 리 없지.

40 제 목숨을 길러주는 수액의 근본,
그 어미 가지에서 자신을 잘라 내는 그런 여자는
반드시 시들고 죽어 땔감밖에는 될 수 없소.

거너릴 어리석은 설교 따윈 그만 해요.

올버니 지혜나 미덕도 악인에게는 악으로 보이고

45 더러운 인간은 더러운 맛밖에는 모르지. 무슨 짓을 한 거지?
딸들이 아니라 호랑이야, 무슨 짓을 한 거요?
아버지인 그 어진 노인을,
격분한 곰조차도 손을 핥으며 경의를 표할 그 노인을
그렇게도 잔인하고 파렴치하게 미치게 했단 말이오.

50 착한 동서 콘월도 그런 짓을 묵인했단 말이오?
사람으로서, 왕족으로서, 왕의 은혜를 입은 자로서!
하늘이 속히 복수의 천사를 내려 보내
이토록 흉악한 죄악을 응징하지 않는다면

---

67) '휘파람도 불어 줄 가치가 없는 가여운 개'라는 속담에서 온 것이다.

깊은 바다의 괴물들처럼 서로를 잡아먹는 사태가
55 일어날 것이오.

거너릴 겁쟁이 같으니.

뺨은 맞기 위해, 머리는 모욕을 당하기 위해 달렸지.

이마에 붙은 눈은 명예와 굴욕을 분간하지 못하는군요.

또 당신은

60 악행을 저지르기 전에 벌을 받은 자를 동정하는 것이

바보나 하는 짓임을 모르는 사람이야.

당신 진군 나팔은 어디 있지?

프랑스 왕은 이 조용한 나라에서 깃발을 휘날리며

깃털 달린 투구로 무장하고 위협하는데

65 설교나 늘어놓는 바보처럼 가만히 앉아서

'아, 왜 그런 짓을 하지?'라며 울부짖고만 있군요.

올버니 당신 모습을 봐요, 이 악마야!

진짜 추악한 모습은 악마가 아니라,

여자에게서 나타났을 때 이처럼 끔찍한 모습을 하고 있소.

70 **거너릴** 이런, 어리석은 바보!

올버니 둔갑해서 본성을 감춘 악마야.

부끄러움을 알거든 그 모습을 드러내지 마라.

그렇게 해도 된다면

핏대 오르는 대로 이 두 손을 움직여

75 당장이라도 네 살과 뼈를 갈기갈기 찢어발기겠다만,

네가 악마일지라도

여자의 탈을 쓰고 있기 때문에 참고 있는 거야.

거너릴 이런, 사내 하는 짓이 고양이 같기는.

사자 등장

올버니 무슨 소식이냐?

80 **사자** 공작님, 콘월 공작께서 죽었습니다.

글로스터님의 눈을 도려내려다가 자기 하인의 손에요.

올버니 글로스터의 눈을?

사자 그가 키운 하인이 양심에 가책을 느껴

그 행위를 막으려고 칼을 빼어

85 주인이신 공작께 대들었지요.

그러자 공작이 크게 노해서 그놈에게 달려들었고

공작 내외분이 그놈을 죽이셨어요.

그런데 공작께서도 치명상을 입어

그놈과 같은 죽음을 길을 밟게 되었습니다.

90 **올버니** 위에 계신 심판관들이

지상의 우리 죄를 이토록 빨리 벌할 수 있다는 걸

보여 주신 것이오.

그렇지만 가여운 글로스터!

한쪽 눈을 잃으셨다고?

95 **사자** 양쪽 둘 다요, 나리.

마님, 이 편지에 빨리 답장을 달라고 하셨습니다.

동생 분께서요.   편지를 건넨다

거너릴 한편으로는 잘된 일이다.   방백

그러나 동생은 과부가 되었고,

100   내 글로스터가 동생과 함께 있으니

내가 꿈에 그리던 누각은 다 무너져 버리고,

남는 것은 끔찍한 생활뿐일 테지.

하지만 또 한편으로는

이 소식이 그리 나쁜 것도 아니야.

105   읽고 답장을 하겠다.   큰 소리로

퇴장

올버니 그들이 글로스터의 눈을 뺄 때

그의 아들은 어디 있었느냐?

사자 마님과 함께 이리로 오셨습니다.

올버니 이곳에 없는데.

110   **사자** 네, 안 계십니다. 돌아가시는 걸 제가 봤습니다.

올버니 그는 이 사악한 짓을 아느냐?

사자 네, 나리. 그가 자기 아비를 고발했습니다.

그들이 마음대로 처벌할 수 있게 하려고

일부러 집을 떠난 것입니다.

115   **올버니** 글로스터, 내가 살아서

그대가 왕에 다한 충성의 은혜를 갚고

눈을 뺀 자들에게 복수를 하리다.

이리 오너라. 네가 아는 것을 모두 말해 보거라.   모두 **퇴장**

켄트와 신사 등장

켄트 프랑스 왕이 왜 그렇게 갑자기 귀국하셨는지
120 그 이유를 아시오?

신사 본국에 해결하지 못한 일이 있었는데,
출정하신 후에도 쭉 그 일을 생각하시다가
국가의 안위에 관계되는 중요한 일임을 알고
불가피하게 친히 귀국하실 수밖에 없었지요.

125 **켄트** 그럼 누구를 장군으로 남기셨소?

신사 프랑스 육군 원수 라 파 각하입니다.

켄트 그 편지를 보시고 왕비께서 뭔가
비통한 기색을 내비치시던가요?

신사 네, 왕비님은 그 편지를 받고 제 앞에서 읽으셨습니다.
130 때때로 눈물이 왕비님의 초췌한 볼을 타고 흘렀습니다.
모반을 일으켜 왕처럼 군림하려는 감정을
왕비답게 억누르고 계셨습니다.

켄트 아, 그러면 마음이 움직였군요.

신사 격분까지는 아니고,
135 인내와 슬픔이 서로 누가 더 왕비다운지 싸우는 듯 보였소.
해가 있는데 비 오는 것을 본 적이 있겠지요.
그분의 미소와 눈물은 어쩔 도리가 없는 것 같았소.
농익은 입술에서 노니는 그 행복한 웃음은
왕비님의 두 눈에 어떤 손님이 와 있는지도 모르는 것 같았소.

140   그 손님도 곧 떠났지요.

마치 진주가 다이아몬드에서 뚝 떨어져 내리듯이.

한마디로 누구든 슬픔으로 그렇게 매혹적으로 보인다면

슬픔이야말로 지극한 사랑을 받는 희귀한 것이 될 것이오.

켄트 왕비께서 아무 말씀도 없으셨소?

145   **신사** 사실, 가슴이 짓눌린 듯 숨을 헐떡거리며

아버지의 이름을 한두 번 부르셨어요.

그리고 "언니들, 언니들! 여자의 치욕이에요, 언니!

켄트, 아버님, 언니들! 뭐, 폭풍우 속을, 한밤중에?

동정심도 없단 말인가!"라고 소리치셨죠.

150   하늘같은 눈에서 떨어진 성스러운 눈물에 몸을 떨며

마구 울부짖으셨어요.

이윽고 혼자서 슬픔을 참으시려고 뛰쳐나가셨소.

켄트 별들이야.

하늘에 있는 별이 우리의 운명을 지배하지.

155   그렇지 않다면 똑같은 부부에게서 태어난 자식이

그토록 다를 수는 없어.

그 뒤로 더 말씀을 나눈 건 없소?

신사 없습니다.

켄트 그게 프랑스 왕이 귀국하기 전 일이오?

160   **신사** 아니, 그 후의 일입니다.

켄트 사실 비통에 빠진 리어 왕께서는 이 마을에 계시오.

이따금 정신이 드시면 우리가 온 것에 대해서는 기억하지만,

아무리 말씀을 드려도 절대 따님을 만나려 하지 않으십니다.

신사 왜 그러실까요?

165   **켄트** 더없이 부끄러운 생각이 가슴을 억누르는 것이겠지요.

딸에게 아비로서의 축복을 박탈하고,

위험을 알면서도 외국으로 추방하여,

그녀의 귀중한 권리를

개만도 못한 딸들에게 주어 버렸다는

170   자신의 무자비한 처사 때문이겠지요.

이러한 일들이 독사같이 왕의 마음을 찔러

불타오르는 치욕감 때문에

코딜리어님을 피하는 것이지요.

신사 아, 가엾으신 분!

175   **켄트** 올버니와 콘월의 군대에 대해서는 들은 게 없소?

신사 이미 진군 중에 있다는 말을 들었소.

켄트 자, 주군이신 리어 왕께 안내해 드릴 테니

왕을 모시고 계시오.

나는 어떤 중요한 이유가 있어서

180   잠시 동안 내 정체를 감춰야 하지만

내가 올바르게 알려지게 되면

나와 가까이 알게 된 것을

결코 후회하지는 않을 것이오. 자, 나와 함께 갑시다.

모두 퇴장

4막 3장(68)

장면 14

북치는 병사, 기수들과 함께 코딜리어, 신사69), 병사들 등장

코딜리어 아아, 그분이야.

방금 만났다는 사람 말로는,

성난 바다처럼 미쳐서 소리쳐 노래하시고,

무성한 잡초와 우엉과 독인삼, 가시덤불과 쐐기풀, 뻐꾸기꽃,

5   독보리, 그리고 우리의 주식인 곡식밭에 자라는

잡다한 잡초들을 엮어 왕관을 쓰셨대.

수색대를 보내서

높이 우거진 초원 구석구석까지 찾아서

내 앞에 모셔 오도록 해라.   *병사 하나 퇴장*

10   인간의 지혜가

그분의 정신을 되찾게 할 수 있을까?

아버지를 고치는 사람에게 내가 가진 모든 것을 내놓겠다.

신사 방법이 있습니다, 왕비님.

사람을 기르고 먹이는 것은 바로 수면입니다.

15   바로 왕에게 지금 부족한 것이지요.

잠을 오게 하는 약초는 많습니다.

---

68) **장소** 도버 근처 프랑스 군 진영.

69) 3막 1장에서 켄트가 도버로 보낸 신사.

그 약초의 힘으로 괴로운 눈을 감길 수 있습니다.

코딜리어 고마운 비약이여,

이 땅에 숨어 있는 영험한 약초여,

20 내 눈물로 자라나라!

착한 분의 고뇌를 치료하는 데 도움이 되어라!

찾아라, 아버지를 찾아.

걷잡을 수 없는 격분 때문에 제정신을 잃은

그분 목숨이 끝나지 않도록.

사자 등장

25 **사자** 새로운 소식입니다, 왕비님.

영국군이 이쪽으로 진군하고 있다 합니다.

코딜리어 이미 알고 있는 일이다.

우리 군대도 그들을 맞아 싸울 준비가 되어 있다.

오, 사랑하는 아버지!

30 이번 출전은 아버지를 위한 것입니다.

위대한 프랑스 왕은

슬퍼하며 애원의 눈물을 흘리는 절 불쌍히 여기셨습니다.

군사를 움직인 것은 허황된 야심이 아니고

바로 사랑, 효도, 늙으신 아버지의 권리 때문입니다.

35 빨리 그분 음성을 듣고 뵈었으면!　　　　　모두 퇴장

4막 4장⁷⁰⁾

장면 15

리건과 오스왈드 등장

리건 그런데 형부의 군대는 출전했느냐?

오스왈드 예, 마님.

리건 형부도 직접?

오스왈드 예, 마지못해 나가셨습니다.

5 언니 분이 더 훌륭한 군인이십니다.

리건 에드먼드님은 집에서 네 주인과 무슨 얘기를 안 하더냐?

오스왈드 예, 마님.

리건 에드먼드님에게 언니가 보낸 편지의 내용이 뭘까?

오스왈드 전 모릅니다, 마님.

10 **리건** 사실 에드먼드님은 중요한 일 때문에

여기서 급히 떠나셨지.

글로스터의 눈을 도려내고 그를 살려 둔 것은 큰 실수였어.

가는 곳마다 민심을 교란시켜

우리에게 반기를 들게 하고 있거든.

15 내 생각에 에드먼드는 부친의 불행을 동정해서

어둔 인생 속히 해치우고,

---

70) **장소** 글로스터 백작의 저택.

또 적군의 병력을 염탐하려고 떠난 것 같아.

오스왈드   이 편지를 가지고

에드먼드님의 뒤를 쫓아야 합니다, 마님.

20   **리건** 우리 군대도 내일 출전해.

가는 길이 위험할 테니 우리와 함께 있어.

오스왈드 그럴 수 없습니다, 마님.

이 일에 대해 주인마님의 엄명을 받았으니까요.

리건 왜 언니가 에드먼드님에게 편지를 썼을까?

25   그 내용을 네가 말로 전해도 되지 않나?

내가 모르는 뭔가가 있어.

후하게 베풀 테니 편지를 좀 뜯어 보게 해 줘.

오스왈드 마님, 차라리―

리건 네 마님이 자기 남편을 사랑하지 않는다는 걸 알지.

30   난 확신해. 전에 이곳에 왔을 때에도

에드먼드님에게 묘한 추파를 던지고

무언가 의미심장한 표정을 지었지.

네가 언니의 심복이라는 것도 알고 있어.

오스왈드 제가요, 마님?

35   **리건** 다 알고 하는 말이야. 그걸 난 알지.

그래서 조언하는 것이니 잘 들어.

내 남편은 죽었어.

난 에드먼드님과 의논한 일이 있을 뿐만 아니라

그는 네 마님보다는 나와 결혼하는 편이 더 나아.

40   그 이상은 상상에 맡기겠다.

그를 찾거든 이걸 꼭 전해라.   편지 또는 정표를 건넨다

그리고 네 마님이 네게 해 준 이야길 들으면

현명하게 생각했으면 좋겠다.

그럼, 잘 가라.

45   그 눈 먼 반역자에 대해 듣게 되거든

그놈의 목을 베어 오기만 하면 출세를 하게 될 거야.

오스왈드 그를 만날 수만 있다면

제가 어느 편인지 분명히 보여 줄 겁니다.

리건 잘 가거라.   두 사람 퇴장

4막 5장[71]

장면 16

글로스터와 에드거 등장   에드거는 농부 복장을 했다

글로스터 언제쯤 아까 말한 언덕[72] 꼭대기에 닿을까?

에드거 지금 그 언덕을 오르고 있어요. 정말 길이 험하군요.

글로스터 길은 평평한 것 같은데.

에드거 무척 가팔라요.

---

71) **장소** 도버 근처의 광야.

72) 4막 1장에서 마지막에서 글로스터가 설명한 절벽을 가리킨다.

5   저 바다 소리가 들리시죠?

글로스터 아니, 안 들려.

에드거 그렇다면 눈이 아프시기 때문에

다른 감각까지 나빠졌나 봐요.

글로스터 진짜 그럴 수도 있겠다.

10   그런데 너도 목소리가 바뀌고

전보다 말도 더 점잖고 조리 있게 하는 것 같구나.

에드거 잘못 아신 겁니다.

달라진 것은 제 옷밖에 없습니다.

글로스터 말씨가 훨씬 나아졌는데.

15   **에드거** 자, 여깁니다. 가만히 계세요.

저 아래를 내려다보니 무섭고 어질어질합니다!

중간에 하늘을 나는 까마귀나 갈까마귀도 딱정벌레만 하네요.

절벽 중간쯤에 매달려

누가 미나리를 따고 있는데 아찔하네요!

20   몸 전체가 제 머리 정도밖에 안돼 보여요.

해변을 걷고 있는 어부도 쥐새끼만 하게 보이고,

저쪽에 닻을 내린 큰 배는 작은 배만하고,

작은 배는 부표만큼 작아져 거의 보이지도 않네요.

수많은 무심한 조약돌 위에 부딪히는 파도 소리도

25   이렇게 높은 곳까지는 들리지도 않아요.

더 이상 보지 않겠어요.

머리가 핑핑 돌고 눈이 아찔해져서

거꾸로 곤두박질칠 것 같아요.

글로스터 네가 서 있는 곳에 나를 세워 다오.

30 **에드거** 손을 잡으세요.

이제 한 발짝만 더 움직이면 낭떠러지입니다.

이 세상을 다 준대도

여기서 뛰어내리지는 않겠어요.

글로스터 손을 놓아라.

35 여기 지갑이 하나 더 있다.

그 안에는 가난한 사람에게 더없이 값진 보석이 있다.

요정과 신들이 너에게 행운을 주기를 바란다.

자 이제 멀리 물러나.

작별을 고하고 떠나는 발자국 소리를 들려 줘.

40 **에드거** 안녕히 계십시오.

글로스터 잘 가거라.

에드거 아버지의 절망을 이렇게 우롱하는 것도   방백

절망에서 그분을 구해 드리기 위해서야.

글로스터 아, 위대한 신들이여!   무릎을 꿇는다

45 저는 이제 이 세상을 버리려 합니다.

당신들 앞에서 나의 큰 고통을 조용히 떨쳐 버리려 합니다.

제가 더 이상 참을 수 없고,

신들의 거역할 수 없는 뜻과 싸움을 시작하지 않더라도

내 목숨의 추악한 나머지는 제풀에 타 없어지고 말 것입니다.

50 에드거가 살아있다면, 그를 축복하소서!

그럼 잘 있거라. 앞으로 떨어진다

에드거 갔어요. 안녕히 가세요.

하지만 목숨을 없애고 싶어 하면, 방백

그렇게 생각하는 것만으로

55 목숨의 보물을 빼앗길 수 있을지도 모른다.

아버지께서 생각한 그곳에 실제로 와 계셨다면

지금쯤은 생각이라는 것도 할 수 없게 되셨을 것이다.

살아 계신가, 돌아가셨나?

이것 봐요! 내 말 들리시오? 말 좀 해 봐요!

60 진짜로 돌아가셨는지도 몰라. 아니, 정신이 드셨다. 방백

당신은 누구시오?

글로스터 가. 날 죽게 내버려둬.

에드거 당신이 잔 거미줄이나 깃털이나 공기가 아니고서야

그렇게 높은 데서 떨어지면

65 달걀처럼 산산조각이 났을 것이오.

그런데 당신은 숨도 쉬고,

몸도 그대로고, 피도 안 나고, 말도 하고, 무사하군요.

당신이 뛰어내린 높이는

돛대 열 개를 이어도 모자랄 것이오.

70 당신이 살아 있는 것은 기적이오. 다시 말해 보시오.

글로스터 그런데 내가 떨어진 건가, 아닌가?

에드거 이 무서운 흰 절벽의 꼭대기에서 떨어졌죠.

하늘을 올려다보세요.

날카로운 소리로 우는 종달새도,

75 보이지도, 들리지도 않아요. 한번 보세요.

글로스터 아아, 난 눈이 없소.

불행한 놈은 죽음으로써

자신을 끝낼 혜택도 누리지 못한다는 말인가.

비참한 사람이 자살을 해서

80 폭군의 분노를 잠재우고,

그의 오만한 의지를 꺾을 수만 있다면

그래도 위안이 되었을 텐데.

에드거 팔을 주시오.　　　　　　　*그를 도와 일으켜 세운다*

일어나 보시오. 어때요? 다리에 감각이 느껴져요?

85 일어섰군요.

글로스터 설 수 있어, 설 수 있군.

에드거 정말 신기한 일이군요.

절벽 꼭대기에서 당신과 헤어진 사람은 누구요?

글로스터 불쌍하고 가진 것 없는 거지요.

90 **에드거** 이 밑에서 보니,

그놈의 눈은 두 개의 만월 같고,

천 개나 되는 코에,

성난 바다처럼 물결치는 뿔들이 여럿 달린 것 같습니다.

그것은 무슨 악마였소. 그러니 당신은 복 많은 사람이오.

95 명민한 신들은 인간이 할 수 없는 일을 하오.

그 덕분에 살아난 줄 아시오.

글로스터 이제 기억이 나는구나.

이제부터 고통이 스스로에게 '됐다, 됐어' 외치고 죽을 때까지

그 고통을 참으며 살겠소.

100 난 당신이 지금 말한 것을 사람이라 생각했소만,

그러고 보니 그것은

'악마, 악마'라고 말하며 나를 그곳까지 데려간 거요.

에드거 걱정 말고 마음을 가라앉혀요.

리어 왕 등장   옷에 잡초를 꽂고 있다

그런데 저기 오는 게 누구지?

105 제정신인 사람이라면

저렇게 옷을 입을 리가 없는데.

리어 왕 아니, 운다고 나를 비난할 수 없지.

내가 바로 왕이니까.

에드거 아, 저 모습. 가슴이 찢어지는구나.

110 **리어 왕** 그 점에 있어서는 자연이 인공보다 낫지.

자, 여기 입대 전도금을 받아라.

저놈은 활을 허수아비처럼 다루는군.

힘껏 당겨 봐. 저 봐, 저 봐, 쥐새끼야! 조용히 해, 조용히!

이 구운 치즈 하나면 충분하겠지. 자, 결투의 장갑을 던졌다.

115 거인과 싸워서라도 그걸 입증하겠다.

갈색 창73)을 든 무사들을 불러.

아, 잘 날아갔다. 매야! 맞았다, 맞았어. 휴! 암호를 대라.

에드거 향기로운 마요라나.74)

리어 왕 통과.

120 **글로스터** 귀에 익은 목소리다.

리어 왕 응? 흰 수염 난 거너릴이구나?

개네들은 개처럼 나에게 아부하고,

나한테 검은 수염이 나기도 전에

흰 수염이 났다고 했어.

125 내가 무슨 말을 하든지

'네' '아니요'로 대답한 건 바른 신학이 아니었어.

언제가 비에 흠뻑 젖고 바람 불어 이가 덜덜 떨렸을 때

천둥에게 가만히 있으라고 명령해도 말을 안 들었는데,

그때 그놈들의 정체를 알았지. 냄새를 맡았다고.

130 그러니 그것들의 말은 믿을 수가 없지.

그놈들은 내가 전능하다고 했지만 거짓말이야.

난 학질도 못 막는데.

글로스터 저 특이한 목소리는 내가 잘 아는데.

왕이 아니실까?

---

73) brown bills 손잡이가 긴 창. 갈색으로 칠을 하고 도끼 같은 날이 달렸으며 군인들
이 들기도 한다.

74) Sweet marjoram 에드거가 리어의 관을 보고 만들어낸 암호. 또 뇌 장애를 고치는
데 쓰이던 식물이었다.

135 **리어 왕** 그렇지, 어느 모로 보나 왕이야.

내가 눈을 부라리면, 온 백성이 벌벌 떨지.

그놈의 목숨은 살려 주지.

너의 죄는 무엇이냐? 간통?

죽이지는 않겠다. 간통 때문에 죽을 수는 없지? 그럼.

140 굴뚝새도 그렇고, 작은 금파리도

내 눈앞에서 음란한 짓을 하는데.

실컷 하라고 해.

글로스터의 사생아 아들도 적법하게 낳은

내 딸들보다도 부친에게 더 효성스러웠으니까.

145 마음껏 음란한 짓을 해라. 내게는 병사가 부족하니까.

억지웃음 짓는 저 여잘 봐라.

얼굴은 마치 두 가랑이 사이도 눈같이 희다는 표정을 하고,

정숙한 가면을 쓰고 음탕한 얘기만 들어도

머리를 흔들지만,

150 냄새나는 족제비나 배가 터지도록 꼴을 처먹은 말도

그 정욕에는 못 당할 거야.

그들은 허리 위는 여자지만

허리 아래는 모두 반인반마의 괴수들이어서

허리띠 매는 데까지는 신들의 힘이지만

155 그 아래는 악마의 것이지.

저기 지옥과 암흑이 있고 유황불이 있다.

타오르고 지져 대서 악취와 부패가 심해.

더러워, 더러워, 퉤, 퉤!

약제사야, 내 상상력을 향기롭게 해 줄

160   사향 일 온스만 다오. 여기 돈이 있어.

글로스터 오, 그 손에 입 맞추게 해 주십시오!

리어 왕 먼저 닦아야겠다! 죽음의 냄새가 나니까.

글로스터 오, 자연의 폐허여!

이 훌륭한 우주도 닳아 없어져 몰락하는구나.

165   저를 아시겠습니까?

리어 왕 너의 눈을 잘 알고 있지. 나를 흘겨보느냐?

안될 말이다. 눈이 먼 큐피드야. 난 홀리지 않을 거야.

이 결투장을 봐라. 무엇보다 필체를 잘 봐.

글로스터 그 글자 모두 태양이 되어도, 저는 볼 수 없어요.

170 **에드거** 소문으로 들었더라면   방백

나라도 믿을 수 없을 것이다.

그렇지만 사실이니 가슴이 찢어지는구나.

리어 왕 읽어 보라.

글로스터 아니, 껍데기밖에 없는 눈으로요?

175 **리어 왕** 어허, 정말 그렇다는 말이냐?

머리에는 눈이 없고, 지갑에는 돈이 없고?

너의 눈은 무거운 병에 걸렸는데,

지갑은 비었단 말이지.

그래도 세상이 어떻게 돌아가는지는 알겠지.

180 **글로스터** 그저 느낌으로 압니다.

리어 왕 뭐라고, 미친 게냐?

눈이 없어도 세상 돌아가는 것쯤은 볼 수 있어. 귀로 보라고.

저기 재판관이 저기 저 바보 같은 도둑놈을

어떻게 꾸짖고 있는지 봐.

185 귀로 들어봐!

두 사람이 자리를 바꾼다면 누가 재판관이고 누가 도둑이지?

농부네 개가 거지를 보고 짖는 것을 봤겠지?

글로스터 네, 봤습니다.

리어 왕 그리고 거지는 개를 피해 달아났지?

190 거기서 권력이라는 것의 모습을 볼 수 있어.

개도 권력이 있으면 사람이 복종하니까.

이 못된 형리야, 그 피 묻은 손을 멈춰라!

왜 그 창녀에게 매질을 하는 거야?

네 놈 등짝이나 매질할 일이지.

195 너는 매음했다고 저 여자를 때리지만

실은 네가 저 여자를 간음하고 싶은 생각이 드는 거지.

고리대금을 하는 자가 사기꾼을 처형해.

누더기를 입고 있으면 뚫린 구멍으로 죄가 다 드러나지만.

법복과 모피는 모든 걸 감춰 주지. 죄악에 황금을 입혀 봐.

200 날카로운 정의의 창도 상처를 내지 못하고 부러져.

누더기로 무장하면 난쟁이의 지푸라기도 뚫을 수 있어.

죄인 따위는 없어. 하나도. 내가 보증해.

날 믿으라고, 친구여.

나는 고발자의 입을 막을 권력을 가졌다고.

205 유리 눈이라도 해 박고

더러운 책사들처럼 보이지 않는 것도

보이는 척해 봐. 자, 자, 자, 자.

내 부츠를 벗겨 봐. 잡아당겨. 더 세게, 그래.

에드거 오, 분별과 부조리가 뒤섞여 있구나.

210 광기 속에도 분별이 있어! 방백

리어 왕 네가 내 처지를 보고 울어 준다면, 내 눈을 주겠다.

나는 너를 잘 안다. 네 이름은 글로스터지.

어쨌든 참아야 한다. 우리는 울면서 세상에 왔어.

알다시피, 우리가 처음 공기 냄새를 맡았을 때,

215 보채면서 울음을 터뜨렸지.

너에게 설교를 할 테니 잘 들어.

글로스터 아, 슬프다!

리어 왕 우리가 태어날 때, 우리는 바보들만 있는

이 커다란 무대에 왔다고 우는 거야. 이건 좋은 모자로군.

220 천으로 기마병의 발을 이 펠트 양모로 싸는 것은

교묘한 전술이지. 나는 그것을 시험해 볼 테야.

그리고 사위들을 몰래 습격해서

죽여, 죽여, 죽여, 죽여, 죽여, 죽여!

신사, 시종들과 등장

신사 아, 여기 계시군. 이분을 잡아. 폐하,

225 가장 아끼시는 따님께서—

리어 왕 구원해 주는 사람은 없나? 포로가 됐어?

나는 운명의 광대로 태어났구나. 나를 잘 대우해 주오.

보상금을 받을 게다. 의사를 불러 다오.

이 뇌를 가르게 되겠지.

230 **신사** 분부대로 하겠습니다.

리어 왕 지원병은 없어? 나 혼자야?

아니 이건 사람을 눈물 나게 만드는구나.

눈알을 정원의 물통으로 쓰려는 거야.

나는 의기양양한 새신랑처럼 용감하게 죽겠다. 뭐라고?

235 나는 위엄 있게 행동할 거야. 자, 자, 나는 왕이다.

여보게들, 알겠나?

신사 폐하께서는 왕이십니다. 저희는 복종합니다.

리어 왕 그러면 아직 희망이 있다. 붙잡으려거든 자, 와라.

달리면서 붙잡아 봐. 사, 사, 사, 사.75)   달리면서 퇴장

240 **신사** 가장 미천한 사람이라 해도

가슴 아픈 광경인데.   하인들 뒤따른다

왕이 저렇게 되니 이루 말할 수가 없구나!

당신에겐 따님이 있습니다.

다른 두 따님 때문에 세상의 저주를 받은 인간성을

---

75) sa, sa, sa, sa 사냥할 때 내는 소리.

245   속죄해 주실 분이.

에드거 여어, 안녕하십니까?

신사 안녕하시오. 그런데 무슨 일이오?

에드거 다가올 전투에 대해 혹시 들으셨습니까?

신사 세상이 다 아는 일이지.

250   귀 있는 사람이면 누구나 들었을 것이오.

에드거 그런데, 실례지만

다른 군대는 얼마나 가까이 있습니까?

신사 가까이 와 있소.

진격 속도가 빨라 주력 부대도 곧 보게 될 것이오.

255   **에드거** 고맙습니다. 그것만 알면 됩니다.

신사 왕비께서는 특별한 이유로 이곳에 계시지만

군대는 진격 중이오.   퇴장

에드거 고맙습니다.

글로스터 아, 자비로운 신들이여.

260   제 목숨을 맡으소서.

다시는 당신께서 허락하기 전에 악마의 유혹을 받아

죽을 마음을 먹지 않도록 해 주소서.

에드거 기도를 잘하시네요, 아버지.

글로스터 그런데 당신은 대체 누구시오?

265   **에드거** 저는 운명의 매질에 길들여진

아주 불쌍한 사람입니다.

여러 가지 슬픔을 알고, 경험했기 때문에

남에게 동정심을 갖게 되었습니다. 손을 주세요.

설 만한 곳으로 안내해 드리겠습니다.   *팔을 잡는다*

270 **글로스터** 정말 고맙소.

하나님의 온갖 축복과 은혜가 충만하기를.

오스왈드 등장

오스왈드 현상 붙은 반역자로군! 재수가 좋은걸!

눈 없는 너의 머리는

우선 나를 출세시키기 위해 만들어진 것이다.

275 이 늙어빠진 불행한 반역자야,   *칼을 뽑는다*

간략하게 네 죄를 떠올려 봐라. 나는 칼을 뽑았다.

너를 없애 버릴 것이다.

글로스터 그 우정 어린

손에 힘을 강하게 실으시오.   *에드거, 가로막는다*

280 **오스왈드** 무례한 촌놈아,

무엇 때문에 반역자로 공포된 놈의 편을 드는 게냐?

비켜라.

그렇지 않으면 너도 이놈의 불운을 함께 할테니.

그놈의 팔을 놓아라.

285 **에드거** 안 놓을 테다. 다른 이유가 없다면 놓지 않아.

오스왈드 놓아, 이 종놈아. 아니면 너도 같이 죽는다!

에드거 착한 신사분,

가던 길 가시고 이 불쌍한 촌놈들 놓아주시오.

위협을 당했다고 내가 죽는다면

290   나는 보름 전에 이미 죽었을 거요.

안 돼, 이 노인 옆에 오지 마.

저리 가, 내 말을 들어. 그렇지 않으면

네 대갈통이 단단한지 내 몽둥이가 단단한지

시험해 볼 테니. 괜한 짓 하게 마.

295   **오스왈드** 닥쳐, 이 똥 같은 놈!

에드거 이빨을 몽땅 뽑아 놓을 테다.

자, 덤벼. 찔러 보라고.   싸운다

오스왈드 이 종놈 손에 내가 죽는구나.

나쁜 놈. 내 지갑을 받아라.

300   네가 잘 되려거든 내 시체를 묻어라.

내 몸에서 찾아낸 편지를

글로스터 백작의 아들, 에드먼드에게 전해라.

영국 진영에서 그를 찾아봐.

아, 요절이로다! 죽음이여!   죽는다

305   **에드거** 나는 너를 잘 알아. 악한 일에 쓸모 있는 놈이지.

네 안주인의 악행을 위해서

더없이 충성스런 놈이었지.

글로스터 아니, 그놈이 죽었나?

에드거 앉으세요, 아버지. 안심하시고요.

310   주머니를 뒤져 봐야지.

그놈이 말한 편지가 날 도울지도 모르니까.

그는 죽었어요. 이놈이

사형집행인의 손에 죽지 않은 게 유감입니다.

어디 보자.   편지를 뜯는다

315 봉인하는 밀랍이여, 무례를 용서해 다오.

적의 속마음을 알려면 심장이라도 찢어야 하는데

편지야 더 합법적인 거지.   편지를 읽는다

'우리가 한 맹세를 잊지 마세요.

당신은 그를 해치울 기회가 많아요.

320 그럴 의지가 부족하지 않다면

시간과 장소는 유익하게 제공될 것입니다.

그가 승리자로서 귀국하면

아무것도 이룰 수 없습니다.

저는 죄수가 되고

325 그의 잠자리는 저의 감옥이 되겠죠.

그 끔찍한 온기에서 저를 구해 주시고

수고한 대가로 그 자리를 차지하세요.

당신의 — 아내라고 말하고 싶은 —

다정한 애인, 거너릴.'

330 아, 끝을 모르는 여자의 욕정이라니!

훌륭한 자기 남편의 목숨을 빼앗아

내 동생을 남편으로 삼으려는 흉계로구나!

여기 이 모래 속에 내 너를 파묻으리라.

흉악한 간부 사이를 왕래한 더러운 심부름꾼인 네놈을.

335 적당한 때가 오면 이 추악한 편지를 보여,

모살을 당할 뻔한 올버니 공작을 놀래 주자.

네 놈의 죽음과 모사를 내가 이야기할 수 있는 건

공작에겐 참으로 다행인 일이다.

글로스터 왕께서는 미치셨는데

340 내 비열한 감각은 얼마나 질기기에

이렇게 버티고 서서,

커다란 슬픔을 이토록 민감하게 느끼고 있을까?

미치는 편이 훨씬 낫겠다.

그러면 내 생각은 슬픔에서 떨어져 나가고　　멀리서 북소리

345 그릇된 상상에서 나온 비통함은

자신의 본질을 잃게 되겠지.

에드거 손을 주십시오 .

멀리서 북소리가 들립니다.

어서요, 아버지. 친구에게 모셔다 드릴게요.　　모두 퇴장

4막 6장76)

장면 17

코딜리어, 켄트, 신사 등장 　　　　　　켄트, 여전히 변장한 모습

코딜리어 오, 인자한 켄트 백작님,

나는 어떻게 살고 노력해야

당신의 착한 마음을 따라갈까요?

내 인생은 너무나 짧고

5 　어떤 방법을 써도 부족할 것 같습니다.

켄트 왕비님, 이렇게 알아 주시는 것만으로도 과분합니다.

저의 모든 보고는 한마디 보태지도 빼지도 않은,

사실 그대로입니다.

코딜리어 제대로 옷을 갖춰 입으세요.

10 　이런 옷은 불행한 때의 일을 떠올립니다.

제발 그 옷은 벗어 버리세요.

켄트 죄송합니다, 왕비님.

지금 정체가 드러나면 모든 계획이 수포로 돌아갑니다.

적당한 때 제가 본색을 드러낼 때까지

15 　모른 척해 주십시오.

코딜리어 그렇게 하지요. 왕께선 어떠신지요? 　　　신사에게

---

76) **장소** 도버 근처 프랑스 군 진영.

신사 아직 주무시고 계십니다.

코딜리어 오, 자비로운 신들이시여!

학대받은 그분의 몸과 마음의 상처를 고쳐 주소서!

20 자식 때문에 변한 아버지를 조정해 주소서!

신사 그러시면 왕비님,

폐하를 깨워도 될까요? 오랫동안 주무셨습니다.

코딜리어 당신의 판단에 맡길게요.

뜻대로 하시지요.

25 그런데 국왕의 옷을 입으셨나요?

의자에 앉은 리어 왕, 시종들에게 들려 나온다

신사 왕비님, 깊이 잠이 드셨을 때

옷을 갈아입혀 드렸습니다.

폐하를 깨울 때 옆에 계십시오.

틀림없이 정신을 차릴 것입니다.

30 **코딜리어** 좋아요.

신사 가까이 오십시오. 음악을 좀 더 크게 해라!

코딜리어 아, 사랑하는 아버지!

힘을 회복하실 약이 제 입술에 깃들어,   *왕에게 입을 맞춘다*

이 입맞춤이 언니들이 아버지께 입힌 상처를

35 낫게 해 주기를!

켄트 착하고 효성 깊으신 공주님!

코딜리어 자기들의 아버지가 아니라 하더라도

이 흰머리를 보면 애처로운 생각이 들지 않았을까?

이 얼굴로 사나운 폭풍우와 맞서신 건가요?

40 끔찍하고 빠르게 가로지르는 번개 속에서

무섭게 우르릉거리는 천둥과 마주하고

계셨단 말입니까? 가엾은 파수병처럼!

이 얇은 투구만 쓰고?

나를 물어뜯은 원수의 개라도

45 그런 밤에는 내 불을 쬐도록 자리를 내주었을 거예요.

그런데 불쌍하신 아버지는

돼지나 부랑자들과 함께 곰팡내 나는 불편한 짚자리에서

주무셔야 했단 말입니까? 아, 슬프도다!

아버지의 목숨과 정신이

50 한꺼번에 끊어지지 않은 것이 이상할 정도입니다.

깨셨네요. 말을 걸어 보세요.

신사 왕비님, 직접 하시는 게 좋겠습니다.

코딜리어 폐하, 괜찮으십니까? 기분은 어떠신지요?

리어 왕 무덤 속에서 나를 꺼낸 건 잘못된 일이야.

55 당신은 축복받은 영혼이야.

그렇지만 나는 지옥의 불 바퀴에 묶여 있지.

내가 흘린 눈물이 녹은 납처럼 내 얼굴을 태우고 있어.

코딜리어 폐하, 저를 알아보시겠습니까?

리어 왕 당신은 망령이지. 어디서 죽었소?

60   **코딜리어** 아, 정신이 드시려면 아직도 멀었구나.

신사 아직 잠이 덜 깨셨으니 잠시 혼자 계시도록 하세요.

리어 왕 나는 여태 어디 있었나?

여긴 어디지? 이 밝은 대낮에?

나는 학대받았어.

65   다른 사람이 본다면 내가 가엾어 죽을 거야.

무슨 말을 해야 할지 모르겠네.

이 손이 내 손이라고 맹세하지 못하겠다. 어디 보자.

이렇게 찌르니까 아프구나.

내 상태가 어떤지 확실히 알아야 해!

70   **코딜리어** 아버지, 저를 보십시오.   *무릎을 꿇는다*

그리고 손을 뻗어 저를 축복해 주세요.

무릎은 꿇지 마세요.   *무릎을 꿇으려는 리어 왕을 저지하며*

리어 왕 제발 나를 조롱하지 마시오.

나는 지극히 못나고 어리석은 늙은이요.

75   여든 살이 넘었는데, 한 시간도 모자라거나 남지도 않소.

그리고 솔직히 말해서

내 정신이 온전한지도 모르겠소.

나는 당신과 이 사람을 알아봐야 한다고 생각하는데

확실치가 않소.

80   왜냐하면 나는 여기가 어딘지 모르겠소.

그리고 아무리 생각을 해도 이 옷이 기억나지 않고

어젯밤 어디서 잤는지 기억이 나질 않소.

나를 비웃지 마오.

내가 남자인 것처럼 이 부인은 내 딸 코딜리어 같은데.

85 **코딜리어** 맞습니다. 저예요.   *눈물을 흘린다*

리어 왕 우는 게냐? 그렇군. 제발 울지 마라.

나보고 독약을 마시라면 그것을 마시겠다.

네가 나를 사랑하지 않는 것을 안다.

내가 기억하기로 네 언니들은 나에게 모질게 대했다.

90 너는 그럴 만한 이유가 있지만 걔네들은 아니지.

코딜리어 이유 같은 것은 없습니다. 없어요.

리어 왕 내가 프랑스에 있느냐?

켄트 폐하의 왕국에 계십니다.

리어 왕 나를 속이지 마라.

95 **신사** 왕비님, 안심하십시오.

보시다시피 심한 광증은 이제 수그러드셨습니다.

안으로 들어가게 하시고

더 안정되실 때까지 더 이상 힘들게 마십시오.

코딜리어 걸어 보시겠어요?

100 **리어 왕** 나를 이해해야 한다.

부탁이니 이제 잊고 용서해 주렴.

나는 늙고 어리석다.

신사 콘월 공작이 피살되었다는 것이

사실입니까?

105 **켄트** 거의 확실하오.

신사 군대는 누가 통솔하고 있소?

켄트 소문에는 글로스터의 서자라 합니다.

신사 그의 추방된 아들 에드거가 켄트 백작과 함께
독일에 있다는 소문이 있더군요.

110 **켄트** 소문은 변덕스러운 것이오.
지금은 감시를 엄중히 해야 하오.
왕국의 군대가 빠르게 다가오고 있소.

신사 비피린내 나는 결전이 될 겁니다.
잘 가시오.

115 **켄트** 오늘 싸움의 승패에 따라
내 목적과 의도가 어찌될지 결판이 날 것이다.　　　　　퇴장

제5막

5막 1장⁷⁷⁾

장면 18

북치는 병사, 기수들과 함께 에드먼드, 리건, 신사, 병사들 등장

에드먼드 공작에게 가서 일전 계획대로 할 것인지   *신사에게*
아니면 그 후 어떤 사정으로 계획을 바꿨는지 알아보시오.
공작은 언제나 계획을 바꾸시고
자책이 심하니. 최종 결정을 알아 오시오.   *신사 퇴장*

5   **리건** 언니네 사람은 해를 당한 게 분명해요.

에드먼드 그게 두렵습니다, 마님.

리건 그런데 에드먼드님,
당신은 제가 호의를 갖고 있다는 것을 알아요.
정확히 말해 주세요. 진실을요.

10   당신은 언니를 사랑하지 않나요?

에드먼드 명예로운 사랑이죠.

리건 하지만 당신은 형부만의 금단의 장소에
간 적이 한 번도 없나요?

에드먼드 그런 생각은 당신을 욕되게 할 겁니다.

15   **리건** 당신이 언니와 한 가슴으로 결합하여
완전히 언니의 사람이 돼 버린 게 아닌가 두려워요.

---

77) **장소** 도버 근처의 영국군 진영.

제5막 **189**

에드먼드 제 명예를 걸고 아닙니다, 마님.

리건 언니를 가만두지 않겠어.

백작님, 언니와 가깝게 지내지 마세요.

20 **에드먼드** 염려 마십시오. 저기 언니와 남편 공작이십니다!

북치는 병사, 기수들과 함께 올버니, 거너릴, 병사들 등장

거너릴 동생이 그와 나를 갈라놓게 하느니

차라리 전쟁에 지는 게 낫겠다.

올버니 사랑하는 처제, 잘 만났소.

백작, 내가 들은 바로는 왕이 그의 딸에게 갔답니다.

25 우리의 학정에 불만을 품은 사람들과

행동을 같이 하고 있다고 하던데.

나는 정당한 일이 아니면

절대로 용기를 내지 않는 사람인데

이번 일만큼은 마음이 움직이오.

30 프랑스는 우리 국토를 침략하는 것이 목적이지

국왕과 그 패를 고무 격려하기 위한 것이 아니오.

하긴 국왕과 그 패거리들에게 반항할 만한

당연하고도 중대한 대의명분이 있긴 하지만 말이오.

에드먼드 훌륭하신 말씀입니다.

35 **리건** 그런 말을 뭐 하러 해요?

거너릴 힘을 합쳐 적을 막아야 해요.

집안의 사적인 언쟁은

여기서 문제 삼을 게 못되니까.

올버니 그러면 전쟁 경험이 많은

40 노련한 군인들과 작전을 짭시다.

리건 언니, 우리하고 같이 갈래요?

거너릴 아니.

리건 같이 가는 게 좋아요. 제발 같이 가요.

거너릴 아, 꿍꿍이속을 알겠다. 방백

45 좋아, 나도 가겠어. 올버니만 남고 모두 퇴장

에드거 등장 변장한 모습

에드거 이렇게 비천한 사람과 얘기해 보셨다면

한 말씀 올리겠습니다.

올버니 뒤따라가겠다. 말하라.

에드거 전쟁을 시작하기 전에 이 편지를 뜯어 보십시오.

50 만약 승리를 거두시면 나팔을 불어 편지를 건네며

이 편지를 가져온 저를 부르십시오.

비천한 차림을 하고 있지만

이 편지에 쓰여 있는 사실을 칼로 증명해 보이겠습니다.

만약 패하신다면 공작님의 이 세상에서의 일도 끝이 나고

55 따라서 모든 책략도 끝이 날 것입니다. 행운을 빕니다.

올버니 편지를 읽을 때까지 기다려라.

에드거 그렇게 할 수 없습니다.

때가 왔을 때 전령을 시켜 불러 주십시오.

그때 나타나겠습니다. 퇴장

60 **올버니** 그렇다면, 잘 가라. 네 편지는 읽어 보겠다.

에드먼드 등장

에드먼드 적군이 보입니다. 병력을 정비하십시오.

이것은 면밀한 조사를 거쳐 추정해 낸

적군의 실제 병력과 전투력입니다. 종이를 건네며

하지만 한시가 급합니다.

65 **올버니** 시간에 맞춰 준비하겠소. 퇴장

에드먼드 난 두 자매에게 사랑을 맹세했다.

마치 독사에 물린 자가 독사를 극도로 경계하듯이,

둘은 서로 의심하고 있다. 어느 쪽을 택할까?

두 쪽 다? 한쪽만? 아니면 다 그만둬?

70 둘 다 살아 있으면 그 어느 쪽도 내 것으로 만들 수가 없지.

과부를 취하면 거너릴이 화를 내고 미칠 테지?

그녀의 남편이 살아 있는 한 약속한 걸 실행하기에는

어려움이 따를 거야.

그러니 지금은 전쟁을 위해서 그의 권위를 이용하고,

75 전쟁이 끝나면 그를 없애고 싶어 하는 그 여자에게

빠르게 없앨 방법을 생각해 내라고 해야지.

그는 리어 왕과 코딜리어에게 자비를 베풀려고 하지만

전쟁이 끝나고 그들이 우리 수중에 들어오면

그의 용서를 받는 일은 결코 없을 것이다.

80 　내 위치는 이것저것 논하는 게 아니라

행동하는 데 달려 있으니. 　　　　　　　　　　　　퇴장

5막 2장78)
장면 19

안쪽에서 경적 소리,

북 치는 병사, 기수들과 함께 리어 왕, 코딜리어,

그리고 병사들이 등장했다가 무대를 건너 퇴장,

에드거와 글로스터 등장

에드거 　아버지, 이 나무 그늘에서 쉬면서

정의가 이기도록 기도해 주세요.

만약 제가 다시 돌아온다면

위안이 될 소식을 가지고 오겠습니다.

5 　**글로스터** 　신의 은총이 함께 하길 빌겠네! 　　　에드거 퇴장

---

78) **장소** 도버 근처, 전장에서 그리 멀지 않은 곳.

안쪽에서 돌격을 위한 나팔 소리와 퇴각하는 소리,
에드거 등장

에드거 달아나세요, 노인장! 제 손을 잡아요, 달아나요!
리어 왕이 패해서 왕과 그 따님이 포로가 되었어요.
어서 손을 잡아요, 어서요.
글로스터 더는 못가겠소. 여기서 썩어 문드러져도 좋소.
10 **에드거** 아니, 왜 또 나쁜 생각을 하세요?
사람은 갈 때도 올 때와 마찬가지로 참아야 해요.
모든 것은 때가 있다고요. 가요.
글로스터 그것도 맞는 말이지.   모두 퇴장

5막 3장79)
장면 20

승리를 거둔 에드먼드, 북 치는 병사, 기수들,
포로가 된 리어 왕과 코딜리어, 병사들, 장교와 함께 등장

에드먼드 장교 몇 사람은 저 포로들을 데려가라.
잘 감시해라.

---

79) **장소** 도버 근처 영국군 진영.

어떻게 처리할지 상부의 지시가 있을 때까지.

코딜리어 최선의 의도를 가지고도   *리어 왕에게*

5   최악의 운명을 만난 게 우리가 처음은 아닙니다.

학대받으신 왕, 당신을 생각하면 힘이 빠집니다.

저뿐이라면 거짓된 운명의 여신은

얼마든지 얼굴 찌푸리라지요.

폐하의 딸들, 제 언니들을 보시지 않을 건가요?

10   **리어 왕** 아니, 아니, 아니, 아니! 자, 감옥으로 가자.

거기서 우리 단둘이 새장 안의 새처럼 노래를 하자.

네가 내게 축복을 해 달라면,

나는 무릎을 꿇고 너에게 용서를 구하겠다.

우리가 그렇게 날을 보내고,

15   기도하고, 노래하고, 옛날 얘기를 하고,

금빛 나비를 보고 웃어 주자.

불쌍한 놈들이 전하는 궁중 소문을 듣자.

누가 실각하고, 누가 득세하고,

누가 등용되고 누가 쫓겨나는지,

20   그들과 같이 이야기하면서

마치 우리가 신의 밀사인 양, 인생의 신비를 아는 척하자.

그리고 벽에 둘러싸인 옥 안에서

저 달과 같이 차고 기우는 권력자 도당들보다

더 오래 살 것이다.

25   **에드먼드** 데리고 나가라.

리어 왕 코딜리어, 이런 희생에 대해서는

신들이 향을 피워 주실 게다. 내가 너를 잡았느냐?

우리를 떼어 놓으려면 하늘에서 횃불을 훔쳐 와서

여우처럼 내몰아야 되리라. 눈물을 닦아라.

30   우리를 떼어 놓으려는 무리들의 살과 껍질이

썩어 문드러지기 전에는 울지 말아야지.

그자들이 먼저 죽을 것이다. 가자.

　　　　　　　　　　　리어 왕과 코딜리어, 호위를 받으며 퇴장

에드먼드 대장, 이리 와서 잘 들어라.

이 종이를 가지고 두 사람을 쫓아 감옥에 가라. 종이를 건네며

35   나는 너를 일 계급 승진시켰다.

네가 만약 이 지시대로만 한다면 고귀한 운을 얻어

출세하게 될 것이다. 이것만 알아 둬라.

사람은 시류를 쫓아야 한다.

나약한 마음은 칼 찬 군인에게 적합하지 않아.

40   네가 맡은 중대한 사명은

논의를 허용하지 않으니 하겠다고 말하든지

아니면 다른 길을 꾀하든지 해.

장교 명령대로 하겠습니다.

에드먼드 그럼 바로 착수해.

45   일이 끝나거든, 자신을 행운아라 생각해라.

알아들었지? 지금 당장.

내가 말한 대로 실행하란 말이야.　　　　　　장교 퇴장

팡파르, 올버니, 거너릴, 리건, 병사들 등장

올버니 백작은 오늘 가문의 용맹함을 보여 주었소.

물론 운도 좋았지.

50 또 오늘 전투의 목적인 포로도 잡았소.

그들을 내게 넘기시오.

그들의 가치와 우리의 안전을 공정하게 살펴

그들을 대우하겠소.

에드먼드 저는 비참한 늙은 왕은 적당한 곳에 유폐하여

55 감시인을 붙여 두는 것이 적당하다고 생각했습니다.

그 나이만큼의 매력이 있고 왕이라는 칭호까지 더해

민심을 자기 쪽으로 끌어당기고

우리가 모은 군인들이 그 창끝을

지휘관인 우리에게 돌릴 수도 있습니다.

60 왕과 함께 프랑스 왕비도 보냈는데, 이유는 같습니다.

두 사람은 내일 또는 그 이후에 공작께서 재판을 열 장소에

즉시 출두하게 되어 있습니다.

지금 우리는 피와 땀을 흘리며 친구는 친구를 잃고 있습니다.

전쟁을 위한 최선의 땅조차도 감정의 열기가 남아 있는 한

65 전쟁의 고통을 겪는 자들에게는 저주의 대상이 될 뿐입니다.

코딜리어 부녀의 문제는

더 적당한 장소가 필요합니다.

올버니 미안하지만,

나는 백작을 이번 전쟁에서 부하로 생각했지
70 형제로 생각하지 않았소.

리건 그 자격은 내가 이분에게 드리겠습니다.

그렇게 결정하기 전에 제 의향을 물을 수도 있었을 텐데요.

에드먼드 백작은 내 군대를 이끌었고

내 지위와 권력도 위임받았습니다.

75 그만큼 밀접한 관계이니 충분히 형제라 불러도

될 것입니다.

거너릴 그렇게 흥분하지 마라.

그는 네가 준 권한 때문이 아니라

자신의 역량으로 그 정도 지위에 오르신 거야.

80 **리건** 내가 준 권리 때문에

그가 최고의 인물과 동등하게 되신 거예요.

올버니 처제의 남편이 된다면 그야말로 최고겠지.

리건 때로는 익살쟁이가 예언자가 되죠.

거너릴 잠깐, 기다려.

85 너한테 그런 말을 한 사람은 눈이 삐었을 거야.

리건 언니, 나는 지금 몸이 아파요.

그렇지만 않으면 뱃속에 차오르는 화를 터뜨려 응수할 텐데.

장군, 내 군대와 포로, 세습재산을 가지세요.　　에드먼드에게

그들과 저를 맘대로 처분하세요. 이 몸도 당신 것이에요.

90 이 세상을 증인으로 삼아 여기서 당신을

내 남편, 내 주군으로 모시겠어요.

거너릴 그를 남편으로 삼겠다고?

올버니 그걸 막는 것은 당신 뜻대로 안 될걸.

에드먼드 공작님 마음대로도 못 하실 걸요.

95 **올버니** 이 사생아야. 그렇게 할 걸세.

리건 북을 울려서 　　　　　　　　　　　에드먼드에게

나의 권리가 당신 것이 되었음을 입증하세요.

올버니 잠깐, 내 말을 들어라.

에드먼드, 너를 반역죄로 체포한다.

100 너와 함께 이 금빛 독사80)도 체포하겠다.

처제의 요구는 　　　　　　　　　　　　거너릴에게

내 아내를 대신하여 들어줄 수 없소.

그녀는 이분과 재혼을 약속했기에

나는 그녀의 남편으로서

105 당신의 결혼 선언에 이의를 제기하오.

결혼을 하겠다면 나에게 신청을 하라.

내 아내는 임자 있는 몸이니까.

거너릴 이 무슨 희극이람!

올버니 글로스터, 넌 무장을 하고 있으니 나팔을 불게 해.

110 만약 네놈이 저지른 온갖 흉악하고 명백한 죄를

입증할 사람이 아무도 나타나지 않는다면

내가 결투를 하겠다. 　　　　　　　　　　　장갑을 던진다

---

80) 거너릴을 말한다.

너의 죄가 내가 지금 공표한 것 이상임을 네놈 가슴에

이행하기 전에는 밥을 먹지 않겠다.

115 **리건** 아, 괴로워, 괴로워!

거너릴 괴롭지 않으면 독약도 믿지 못하지. 방백

에드먼드 나도 결투를 약속하지.

대체 누가 나더러 반역자라는 거냐?

그자야말로 거짓을 나불거리는 악한이야. 장갑을 던지며

120 나팔로 불러내시오.

감히 덤빈다면 그놈이든, 당신이든, 그 누가 됐든

내 진실과 명예를 확고하게 주장하겠소. 전령 등장

올버니 여봐라, 전령!

너 혼자의 힘과 용기로 맞서야겠지. 에드먼드에게

125 네 군대는 내 이름으로 모집했고 내 이름으로 해산했으니까.

리건 점점 더 고통스러워.

올버니 부인이 편찮으시다.

내 막사로 모셔라. 리건, 이끌려 퇴장

이리 오너라, 전령.

130 나팔을 불게 하고 이것을 읽어라.

나팔 소리

전령 '군인 명부에 이름이 있고 읽는다

문벌과 지위 높은 자로서 가칭 글로스터의 백작 에드먼드에

대하여, 그가 여러 죄를 범한 반역자임을 주장하는 자는
세 번째 나팔 소리가 나거든 출두하라.
135 그는 뻔뻔하게 자신을 방어하고 있다.'

첫 번째 나팔 소리

전령 다시!

두 번째 나팔 소리

전령 다시!

세 번째 나팔 소리,
안쪽에서 응답하는 나팔 소리,
무장한 에드거 등장   *투구로 얼굴을 가린 채*

올버니 왜 이 나팔 소리를 듣고
출두했는지 목적을 물어봐라.
140 **전령** 당신은 누구요?
이름은 무엇이고 계급은 어찌 되오?
그리고 지금 이 소환에 응답한 이유가 뭐요?
에드거 알다시피 난 이름을 잃었소.
배신의 이빨에 물어뜯기고 파괴되었소.

145   하지만 내가 싸우려는 상대만큼 고귀하오.

올버니 그 상대가 누군가?

에드거 글로스터 백작, 에드먼드를 대변하는 자가 누구요?

에드먼드 난데, 무슨 할 말이 있는가?

에드거 네 칼을 빼라.

150   내 말이 고귀한 마음을 상하게 했다면

무기로 자신의 결백을 증명하라.

내 칼은 여기 있다.   *칼을 빼며*

봐라, 이것이 나의 특권이다.

내 명예, 맹세, 직업에 대한 특권이지.

155   네가 힘이 세고, 젊고, 높은 위치에 있다 하더라도,

승리의 칼을 차고, 네 행운이 불에서 막 낸 쇠처럼

새롭다 하더라도, 용감하고 용기 있다 하더라도

너는 반역자다.

신들과 네 형, 네 아버지를 배신하고

160   이 고귀하신 공작에게 반역 음모를 꾸몄기 때문에

머리 꼭대기부터 발끝, 네 발밑의 먼지에 이르기까지

온몸이 반점투성이인 두꺼비처럼

너는 더러운 반역자다. 부정해 봐라.

이 칼과 이 팔, 내 온 힘을 다해

165   네놈이 거짓말쟁이라고 내가 말하는

네 심장에 입증해 봐라.

에드먼드 원래는 네 이름을 물어야 하겠지만

너의 외관이 훌륭하고 용감해 보이며

말투에서도 품위가 엿보이기 때문에

170 기사도에 따르면 이러한 도전에 응할 필요도 없고

응해서도 안 되지만 나는 감히 규칙을 무시한다.

그래서 나는 이 반역 죄목들을 네 머리에 던지고

지옥처럼 혐오스러운 그 거짓말의 무게로

네 심장을 짓눌러 주고 싶지만,

175 그것이 스쳐갔을 뿐, 타격을 입히지 않은 듯하니

내 이 칼로 즉각 길을 뚫어   칼을 뽑으며

네 거짓말이 영원히 남게 해 줄 테다.

나팔을 불어라, 말해라!

경종 소리, 두 사람 싸운다   에드먼드 쓰러진다

올버니 그를[81] 구하라, 그를 구해!

180 **거너릴** 글로스터님, 이건 음모예요.

기사도에 따라

당신은 정체불명의 상대와 결투할 필요가 없어요.

그러니까 당신은 진 것이 아니라

계략에 속은 거예요.

185 **올버니** 닥치시오, 부인.

---

81) 에드거에게 에드먼드의 목숨을 살려 두라고 하는 말이다. 그래야 자백을 얻을 수
있기 때문이다.

이 편지로 입을 막아 버릴 테니.

입에 담을 수도 없는 악한! 네 죄악을 읽어 봐.   거너릴에게

찢지 마, 이 편지를 아는 모양이군.   편지를 보인다

거너릴 알고 있다 해도 법은 내 것이지 당신 것이 아니에요.

190 누가 나를 비난할 수 있단 말이죠?   퇴장

올버니 악마 같은 것! 너는 이 편지를 알지?

에드먼드 아는 것을 내게 묻지 마시오.

올버니 뒤를 따라가.

지금 제정신이 아니니 진정시켜.   병사 퇴장

195 **에드먼드** 당신이 고발하는 그 죄를 내가 지었소.

훨씬 더 많지, 시간이 지나면 다 드러날 것이오.

다 지나간 일이고 나 역시 그렇지.

그런데 운 좋게 나를 때려눕힌 건 누구냐?   에드거에게

고귀한 신분이면 너를 용서해 주겠다.

200 **에드거** 이제 서로 용서하는 것이 좋겠다.

나도 혈통이 너 못지않은 사람이다, 에드먼드.

내가 너보다 낫다면, 그만큼 네 죄는 더 무거운 것이다.

내 이름은 에드거다. 네 아버지의 아들.   투구를 벗는다

신은 공정하셔서 불의의 쾌락을 도구로 삼아

205 인간을 벌하신다.

어두운 곳에서 너를 만든 죄 많은 아버지는

그 벌로 두 눈이 멀었다.

에드먼드 그 말이 맞아. 사실이지.

운명의 바퀴가 한 바퀴 돌아 난 지금 여기 있소.

210 **올버니** 자네의 걸음걸이만 봐도   에드거에게
고귀한 집안에서 태어난 것을 알겠네. 자, 안아 보세.
내가 자네나 자네 부친을 미워한 적이 있었다면
슬픔으로 이 가슴이 찢어질 걸세!

에드거 공작님, 압니다.

215 **올버니** 그런데 어디 숨어 있었는가?
어떻게 부친의 불행을 알게 되었나?

에드거 아버지를 돌봐 드리면서요. 간단히 말씀드리지요.
그리고 이야기가 끝나면, 아, 심장이 터져 버렸으면!
우리 삶은 달콤하니 시시각각 죽음의 고통을 맛볼지라도

220 단번에 죽기보단 낫지요.
저를 바짝 뒤쫓는 잔인한 포고문을 피해
미치광이 거지 누더기를 걸치고
개조차 무시할 만한 변장을 하고 다녔습니다.
그런 차림으로 부친을 만났는데,

225 고귀한 두 개의 보석을 갓 잃어
두 눈에서는 피가 흘러내리고 있었습니다.
부친의 안내인이 되어 이끌어 주고,
구걸을 하면서 절망에서 구했습니다.
제가 무장을 하게 된 바로 반시간 전까지는 절대

230 제 정체를 부친에게 밝히지 않았는데,
아, 그것이 잘못이었습니다.

오늘 이 결투에서 이기길 바라면서도
확실치 않아 부친의 축복을 청하고
우리의 방랑생활의 자초지종을 말씀드렸습니다.
235 부친의 쪼개진 심장은 감당하기에는 너무 약해져
기쁨과 슬픔이라는 감정의 양극에 찢겨
웃음 지으시면서 터져 버렸습니다.

에드먼드 감동적인 이야기네요.
어쩌면 좋은 일을 할 수 있겠군요.
240 하지만 이야기를 계속해요.
좀 더 이야기할 것이 있는 모양인데.

올버니 더 있다면 더 슬프겠지. 그만하게.
그 이야기를 들으니
걷잡을 수 없이 눈물이 흐르네.

245 **에드거** 슬픔을 좋아하지 않는 사람들에게는
이 이야기가 여기서 끝난 것처럼 보이겠지요.
하지만 또 다른 슬픔은 더 크게 부풀리면 더더욱 많아져
극한을 넘어서게 될 것입니다.
비탄에 울부짖는 제 앞에 어떤 사람이 나타났습니다.
250 제가 비참한 꼴을 하고 있을 때 만난 사람으로
혐오감 때문에 접근을 피했습니다.
그런데 그렇게 견딘 게 누군지 알고서는
그 강인한 팔로 제 목을 껴안고
하늘이 무너질 듯 목 놓아 울더니

255 자기 몸을 던져 부친을 껴안고

리어 왕과 자신에 관해 전에 들어 본 적이 없는

애처로운 이야기를 했습니다.

이야기를 하는 동안 그는 슬픔이 복받쳐

심장이 갈라지기 시작했지요.

260 그때 나팔 소리가 두 번 울려

기절한 그를 두고 저는 이리로 왔습니다.

올버니 그런데 그게 누구였나?

에드거 켄트, 추방된 켄트 백작님이었습니다.

그는 변장을 하고 자신을 미워한 왕을 따라다니면서

265 노예도 하지 못하는 일들을 하며 왕을 모셨습니다.

신사 등장   피 묻은 칼을 들고

신사 도와 주세요. 도와 주세요.

에드거 뭘 도와 달라는 게요?

올버니 말해 봐.

에드거 이 피 묻은 칼은 뭐지?

270 **신사** 아직 식지 않아 김이 나요.

심장에서 뽑은 칼이에요. 아, 그녀가 죽었어요!

올버니 누가 죽었다는 거야? 말을 해라.

신사 부인께서요.

부인께서 자기 동생을 독살했다고 자백하셨습니다.

275 **에드먼드** 나는 그 둘과 부부가 되기로 했는데,

이제 셋이 같은 순간에 결혼하는구나.

에드거 켄트 백작이 오십니다.

켄트 등장

올버니 죽었든지 살았든지 시체들을 가져오라.

거너릴과 리건의 시체가 들려 나온다

이 하늘의 심판에 떨리긴 하지만

280 불쌍한 마음은 생기지 않아. 아, 이분이오?　　　　켄트를 본다

실례가 되는 줄 알면서도　　　　　　　　　　　켄트에게

사태가 이러하니 인사는 생략해야겠소.

켄트 나의 왕이자 주인이신 분께

작별 인사를 하러 왔는데

285 여기 안 계시오?

올버니 중대한 일을 잊고 있었군!

에드먼드, 말해라. 왕은 어디 계시냐? 코딜리어는?

켄트 백작, 저 광경이 보이시오?　　　　　　시체를 가리키며

켄트 아니, 이게 어찌된 일이오?

290 **에드먼드** 하지만 에드먼드는 사랑받았다.

나를 위해 한쪽이 다른 쪽을 독살하고

그 후에 자결했으니.

올버니 사실이지. 얼굴을 덮어라.

에드먼드 숨이 끊어질 것 같다.

295 　내 본성과는 어긋나지만 뭔가 좋은 일을 하고 싶다.

　조금도 지체 말고 빨리 성으로 사람을 보내시오.

　리어 왕과 코딜리어를 죽이라는 지령을 내렸소.

　어서 늦지 않게 보내요.

올버니 뛰어라, 뛰어!

300 **에드거** 공작님, 누구에게요? 누가 신변을 맡고 있나?

　집행 유예 문서를 보내야 해.　　　　　　　　에드먼드에게

에드먼드 잘 생각했어요.

　내 칼을 가져가 장군에게 주시오.

에드거 서두르게, 목숨을 걸고.　　　　　　　　　신사에게

　　　　　　　　　　　　　　　　　　　　　　신사 퇴장

305 **에드먼드** 당신 부인과 내가

　감옥에서 코딜리어를 목 졸라 죽이라고 명령했소.

　그리고 절망에 빠져 자살한 것처럼

　음모를 꾸민 거요.

올버니 신들이여, 코딜리어를 지켜 주소서!

310 　이 자를 잠시 저쪽으로 데려가라.　　　　에드먼드 들려 나간다

　　리어 왕이 코딜리어의 시체를 안고 등장,

　　신사와 다른 이들 뒤따라 등장

리어 왕 울부짖어라, 울부짖어! 너희는 돌 같은 인간이구나!

내게 너희와 같은 혀와 눈이 있다면,

그것으로 하늘의 지붕을 무너뜨렸을 것이다.

내 딸은 영원히 죽었다.

315 사람이 죽었는지 살았는지는 나도 안다.

이 애는 흙처럼 죽었다. 거울을 다오.

숨결로 거울이 흐려지거나 더러워지면

내 딸은 살아 있는 거지.

켄트 이것이 약속된 종말인가?

320 **에드거** 아니면 그 공포의 모습인가?

올버니 무너지고 사라져라!

리어 왕 깃털이 움직인다. 이 애가 살아 있어!

그렇다면 내가 견뎌온 모든 슬픔을

한 번에 보상해 줄 기회야.

325 **켄트** 아아, 폐하!   무릎을 꿇는다

리어 왕 제발 물러가라.

에드거 친구분인 켄트 백작입니다.

리어 왕 역병이나 걸려라. 이 살인자, 반역자들아!

이 애를 살릴 수도 있었는데, 이제 영원히 가 버렸다!

330 코딜리어, 코딜리어. 잠시만 기다려라, 허?

너 지금 뭐라고 그랬니?

이 애의 목소리는 언제나 부드럽고 상냥하고 차분했어.

여자한테는 가장 훌륭한 점이었지.

네 목을 조른 악당 놈을 내가 죽였다.

335 **신사** 사실입니다. 왕께서 그놈을 죽였습니다.

리어 왕 이봐, 내가 해냈지?

날카로운 검을 휘둘러

그놈을 몰아 낼 수도 있었는데. 이제 난 늙었어.

또 고생을 해서 완전히 망가졌어. 너는 누구냐?

340 이제 눈도 잘 안 보이는데. 바로 알게 되겠지만.

켄트 만약 운명의 여신이

사랑하고 미워한 두 사람을 자랑한다면

우리는 둘 중 하나를 보고 있습니다.

리어 왕 잘 안 보이는데. 자네는 켄트 아닌가?

345 **켄트** 그렇습니다.

폐하의 종 켄트이옵니다.

폐하의 종 카이우스는 어디 있습니까?

리어 왕 그자는 좋은 사람이야. 틀림없이 그래.

그놈 같으면 칼을 휘두를 거야, 당장에.

350 그놈은 죽어서 썩었지.

켄트 아닙니다, 폐하. 제가 바로 그 사람입니다.

리어 왕 곧 알아 보도록 하지.

켄트 폐하의 운명이 바뀌어 불행하게 된 그때부터

폐하의 슬픈 발자취를 따라다녔습니다.

355 **리어 왕** 와 주어서 반갑다.

켄트 제가 바로 그 사람입니다.

모든 것이 음산하고 암담하고 무섭습니다.

폐하의 큰 따님 두 분은 스스로 목숨을 끊었지요.

절망한 나머지 세상을 떠났습니다.

360 **리어 왕** 아, 그랬을 거야.

올버니 무슨 말씀을 하시는지도 모르니

우리가 누군지 밝혀도 소용없을 것이오.

전령 등장

에드거 무의미한 일이오.

전령 에드먼드가 죽었습니다, 공작님.

365 **올버니** 이 자리에선 아주 하찮은 일일 뿐이야.

경들과 나의 친구들, 나의 의도를 알아 주시오.

이 피폐한 왕께 위안이 되는 것이라면

무슨 일이든 할 것이오.

노왕이 생존해 계시는 동안

370 나의 통치권을 양도하겠소.

두 분은 복권과 함께   에드거와 켄트에게

영예로운 공로보다 더 많은

상금과 작위를 받을 것이오.

모든 아군은 공로에 상응하는 상을 받을 것이며,

375 모든 적은 당연한 보복을 각오해야 할 것이오.

오, 보시오, 저런!

리어 왕 나의 가여운 것[82]이 목 졸려 죽었다.

이제 생명이 끊어졌어?

개도, 말도, 쥐도 생명이 있는데

380 너는 왜 숨을 쉬지 않는 것이냐? 너는 다시는 돌아오지 못해.

결코, 결코, 결코, 결코, 결코!

이 단추 좀 풀어 다오. 고맙다.

이걸 봐! 이 애 얼굴을 봐, 이 애 입술을,

여길 봐, 좀 보라고!   죽는다

385 **에드거** 기절하셨습니다. 폐하, 폐하!

켄트 터져라, 심장아, 제발 터져라!

에드거 정신 차리십시오, 폐하.

켄트 폐하의 영혼을 괴롭히지 마시오.

아, 가시도록 놓아 두시오!

390 왕께서는 세상이라는 쓰라린 고문대 위에

더 묶어 두려는 것을 원망하실 것이오.

에드거 정말로 가셨습니다.

켄트 그렇게 오랫동안 견디신 것도 놀라운 일이오.

목숨을 억지로 이어 가셨지요.

395 **올버니** 유해를 모셔라.

지금 우리가 할 일은 애도를 표하는 것뿐이오.

내 영혼의 벗인 그대들은   켄트와 에드거에게

---

82) 코딜리어를 말한다.

이 나라를 통치하고 흐트러진 왕국을 바로 잡아 주시오.

켄트 저는 곧 여행83)을 떠나야 합니다.

400   주군께서 부르시니 거절할 수가 없습니다.

에드거 이 슬픈 시대의 무게는 우리가 짊어져야 합니다.

지금은 해야 할 말은 그만두고 느낀 바를 솔직히 말합시다.

가장 나이 많은 분들이 가장 큰 괴로움을 당했소.

젊은 우리는 그토록 큰 불행도 만나지도,

405   오래 살지도 않을 것입니다.

　　　　　　　　　　장송행진곡이 울리며 모두 퇴장

---

83) 죽음을 말한다.

생애와 작품에 관하여

역사상 최고의 작가를 꼽으라고 하면 대부분의 사람들이 주저 없이 말하는 사람이 있다. 바로 "사느냐 죽느냐, 그것이 문제로다."라는 명대사를 쓴 윌리엄 셰익스피어. 사실 그에 대해 알려진 사실은 그리 많지 않다. '그에 관한 대부분의 이야기 중 진실은 5퍼센트에 불과하고 나머지 95퍼센트는 억측이다.'라는 말도 있을 정도로 우리가 알고 있는 셰익스피어는 극히 일부분일지도 모른다.

하지만 그에 관한 확실한 이야기들도 남아 있다. 그는 영국 미들랜드에 위치한 작은 마을 스트래트퍼드어폰에이번Stratford-Upon-Avon이라는 상업 도시에서 태어났다. 정확한 생일은 알 수 없지만, 1564년 4월 26일에 유아세례를 받았다는 기록이 남아 있다. 아버지는 장갑 제조업자였으며 시의회에서 요직을 맡고 있어 지역에서는 꽤 영향력을 행사하는 사람이었기에 유복한 유년시절을 보냈다.

셰익스피어는 지역에 있는 문법학교를 다니며 그곳에서 라틴어, 수사법, 고전 시에 대해 배우며 탄탄한 기초를 쌓기 시작했다. 이때의 교육이 훗날 그가 글을 쓰는 데에 큰 도움을 줬음은 분명하다.

1582년에는 여덟 살 연상인 앤 해서웨이와 결혼하였고 1583년에는 딸 수잔나를, 1585년에는 아들딸 쌍둥이인 햄넷과 주디스를 낳았다. 당시에는 이미 아버지의 사업 운이 기울어 있던 터라 본인이 직접 생계를 책임져야 했으나 그가 어떻게 가족을 부양했는지에 관해서 알려진 사실은 없다.

지금도 대부분의 청년들이 답답한 시골 소도시를 벗어나 중앙 대도시에서 꿈을 펼치기 원하듯이 셰익스피어도 공연 사업 쪽에서 출세하기 위해 도시로 나갔는데 1580년대 후반 런던에서는 배우가 인기를 얻고 부와 명성을 일구는 현상이 일어나고 있었다. 셰익스피어의 생애를 돌아볼 때 당시 그가 어떤 삶을 살고 있었는지에 대한 기록은 전혀 없으나 일각에서는 윌리엄 셰익섀프트William Shake-shafte라는 인물에 대한 기록을 토대로 그가 영국 북부에서 배우로 활동한 것이 아닌가 추측하기도 하지만 어디까지나 추측일 뿐이기도 하다.

작가이기 전에 배우였던 셰익스피어는 단역 배우로 활동을 시작했을 것으로 추정되지만 자신이 위대한 배우가 되기에는 많이 부족하다는 것을 깨닫는 데에는 그리 오래 걸리지 않았던 것으로 보인다. 대신, 오래된 극에 자기만의 색을 입혀 새로운 생명을 불어넣고 진부한 극에 새로운 캐릭터와 극전 반전을 추가하면서 흥행 공식을 세워 나갔다.

그는 문학성과 대중성을 동시에 확보한 최초의 작가이기도 했다. 왕실과 대중 모두를 만족시키는 극을 쓰기란 쉬운 일이 아님에도 비극과 희극, 그리고 사극까지 넘나드는 작가였던 것이다. 덕분에 그는 그동안 많은 작가들이 자신의 작품을 헐값에 팔아야 했던 비극적인 현실을 개선한 작가가 되기도 했다. 흥행 수익의 일정 비율을 보수로 받았으며 주식회사 형태의 극단 〈체임벌린 경의 사람들 Lord Chamberlain's Men〉을 설립해 작품을 썼고 작품에 대한 저작권료를 받았다. 그리고 셰익스피어 자신도 배역을 맡아 활동을 하기도 해 출연자 명단에 이름을 올리기도 했다.

현재 전해지는 그의 작품은 희곡 28편, 소네트 154편, 장시 2편 등이 있고 제목만 남아 있는 작품도 있다. 시와 연극 형식 모두를 넘나드는 그의 능력은 왕실에서도 높게 평가하는 부분이었으며 비극과 역사극을 새로운 방식으로 발전시키기도 했다. 런던 문학계에 정통한 케임브리지 대학 출신 프랜시스 미어스Francis Meres는 장르를 넘나드는 셰익스피어의 탁월함에 대해 다음과 같이 찬사를 보냈다.

> 라틴어 권에서 플라우투스Plautus와 세네카Seneca가 희극 및 비극에서 최고로 손꼽히듯, 영국인들 사이에서는 셰익스피어가 두 분야의 무대 공연에서 최고의 인물로 인정받는다. 희극으로는 《베로나의 두 신사》, 《실수 연발》, 《사랑의 헛수고》, 《사랑의 노고의 승리》, 《한여름 밤의 꿈》, 《베니스의 상인》을, 그리고 비극으로는 《리처드 2세》, 《리처드 3세》, 《헨리 4세》, 《존 왕》, 《타이터스 앤드러니커스》, 《로미오와 줄리엣》을 보라.

셰익스피어가 과대평가 되었다고 지적하는 목소리도 있다. 사실 그가 쓴 많은 작품 가운데 순수 창작물은 몇 편에 불과하고 대개는 입에서 입으로 전해지는 이야기나 널리 알려진 소설과 희곡을 각색한 것들이 많기 때문이다. 그러나 당대에는 표절이나 모방은 비교적 흔한 기법이었으며 셰익스피어가 각색한 작품이 지닌 문학적 가치와 예술적 기교까지 무시할 수는 없을 것이다.

그는 약강 5보격 운문을 활용하여 마법 같은 문장을 만들어 냈고, 시의 고저와 외설적 유머의 깊이를 자유자재로 다루며 전하고자 하는 바를 재치 있게 표현했다. 언어를 통해 복잡한 인간 성격을 탐구하며 다양한 분위기를 창조했으며 복잡한 플롯을 구축하면서도 관객이 그것을 이해하는 데에 무리가 없도록 표현하는 데에 천부적인 재능을 선보였다.

그가 작품을 통해 선보인 신조어만 해도 2천여 개에 달하는데, 그가 작품에 쓴 단어 수가 2만여 개 임을 고려한다면 어마어마한 숫자임에 틀림없다. 그가 만들어 낸 갖가지 표현들은 현재에도 살아남아 다양한 관용어구가 되어 쓰이고 있다. 예를 들어 "살과 피 flesh and blood - 혈육", "더러운 행실foul play - 반칙", "젊은 시절salad days - 호시절" 등이 그것이다. "가령 우리가 입만 열었다 하면 열 마디 중에 한 마디가 신조어라고 생각해 보라."라고 한 빌 브라이슨 William McGuire Bryson의 말은 셰익스피어가 가진 언어적 천재성이 어떠한 것이었는지를 단적으로 보여준다.

게다가 그가 만들어 낸 인물들의 면면을 살펴보라. 중세 연극에서 흔하고 흔했던 평면적 인물들은 사라지고 햄릿, 이아고, 맥베스 같은 입체적인 인물들이 등장하며 이야기에 힘을 실어 준다. 결국 관객들은 그의 연극을 보고 본인이 극의 등장인물이 된 것처럼 이야기에 빠져 들며 더욱 열광하게 되는 것이다. 평론가인 해럴드 블

룸Harold Bloom은 셰익스피어 작품에 나오는 등장인물들을 가리켜 이렇게 단언한다. "그들은 물론 허구의 존재이다. 하지만 그 사실성은 우리의 사실성을 능가한다."

그는 배우로서 성공하겠다는 큰 꿈을 품고 런던으로 진출한 1580년대 말, 단역 배우로 활동하면서 본격적으로 극을 집필한 것으로 보인다. 1594년에는 시종장관 극단인 〈체임벌린 경의 사람들Chamberlain's Men〉의 일원이 되어 사람들 앞에 서기도 했으며 1599년에는 극단 동료들과 함께 〈글로브 극장The Globe〉을 설립하여 공동 소유주가 되었다. 셰익스피어는 문화를 사랑하고 예술가에 대한 후원을 아끼지 않던 엘리자베스 여왕 덕분에 많은 혜택을 받고 다양한 작품들을 집필하고 무대에 올릴 수 있었다. 1603년에 여왕이 죽고 즉위한 제임스 1세 또한 〈체임벌린 경의 사람들〉이라는 극단을 직접 후원하고 나섰고 그의 후원 하에서 시종장관 극단은 국왕 극단인 〈King's Men〉이 되어 다른 경쟁 극단들보다 훨씬 많이 궁정에서 공연할 수 있는 혜택을 누릴 수 있었다.

당시에는 타자기나 복사기가 없었기에 극단 단원들에게 새 작품을 알려 주는 방법이라고는 극작가가 자신이 쓴 대본을 처음부터 끝까지 읽어주고 배우들이 역할을 이해할 수 있도록 하는 것이었다. 셰익스피어는 작품을 쓴 작가로서 배우들을 지도했을 것이며 극에 사용될 소품이나 배우들의 의상, 극의 효과 등에 대해서도 꼼꼼히 살피는 임무를 갖고 있었을 것이다. 그가 직접 연기를 위해 무대에 올랐다는 공식적인 기록은 없지만 그에 관해 남아 있는 몇 안되는 기록들을 두고 연구하는 학자들에 의하면 셰익스피어 본인은 종종 왕 역할을 맡기도 했던 것으로 보인다.

셰익스피어의 작품은 장르별로 크게 희극Comedies, 비극Tragedies, 역사극Histories으로 나눌 수 있는데 어느 한 분야 치우치지 않고 고르게 문학성과 대중성을 확보했다는 데에도 의의가 있다. 그가 시대와 시절을 넘어 아직까지도 많은 나라에서 사랑 받으며 영미문학의 대가로 추앙 받는 이유가 바로 여기에 있다. 그가 쓴 작품들은 미술과 음악에도 지대한 영향을 끼쳐 그의 작품을 토대로 한 또 다른 작품 세계가 만들어질 정도다.

이 천재적인 작가는 1616년, 원인을 알 수 없는 이유로 52세의 삶을 마감하게 되었고, 그가 죽고 난 뒤에 동료 배우들은 그가 남긴 작품들을 모아 《희극, 역사극, 그리고 비극》이라는 전집의 공인본을 만들어 1623년에 대형 이절판으로 출판했다. 사람들은 이 책에도 열광했고 지금까지도 다양한 판본으로 전해지며 그의 명성을 이어주고 있다.

그대의 책이 살아 있는 한 예술이 살아 있고
우리에게는 읽을 지혜와 보낼 찬사가 있으니……
그는 한 시대가 아닌 전 시대의 작가이다!

-이절판 권두에 두 편의 찬양시를 기고한 동료 극작가
벤 존슨의 추모 글

윌리엄 셰익스피어 작품 연보

1589-1591 《페버섬의 아든Arden of Faversham》(부분 집필 가능성 있음)

1589-1592 《말괄량이 길들이기The taming of the Shrew》

1589-1592 《에드워드 3세Edward the Third》(부분 집필 가능성 있음)

1591 《헨리 6세 2부The Second Part of Henry the Sixth》(원제는 《두 명문가 요크가와 랭커스터의 분쟁 1부》이었으며 공동 집필 가능성 있음)

1591 《헨리 6세 3부The Third Part of Henry the Sixth》(원제는 《요크 공 리처드의 비극》이었으며 공동 집필 가능성 있음)

1591-1592 《베로나의 두 신사The Two Gentlemen of Verona》

1591-1592 《타이터스 앤드러니커스The Lamentable Tragedy of Titus Andronicus》(조지 필과 공동 집필, 혹은 조지 필의 이전 판본 개작, 1594년에 개작된 것으로 추정)

1592 《헨리 6세 1부The First Part of Henry the Sixth》(토머스 내시와 다른 작가들과의 공동 집필로 보임)

1592/1594 《리처드 3세King Richard the Thrd》

1593 《비너스와 아도니스Venus and Adonis》(시)

1593-1594 《루크리스의 능욕The Rape of Lucreece》(시)

1593-1608 《소네트sonnets》(시 154편, 저자 문제로 논란이 불거진 시 《연인의 불평 A lover's Complaint》과 함께 1609년 출판됨)

1592-1594/ 《토머스 모어경Sir Thomos More》(앤서니 먼데이 원작의 희곡을 위해
1600-1603 단일 장면 집필, 헨리 체틀, 토마스 데커, 토머스 헤이우드에 의해 개작됨)

《자에는 자로Measure for Measure》

1605   《끝이 좋으면 다 좋아All's Well That Ends Well》,

1605   《아테네의 티몬 The Life of Timon of Athens》(토머스 미들턴과 공저)

1605-1606 《리어 왕The Tragedy of King Lear》

1605-1608 《4편의 희곡 모음집》에 기여(대부분 토머스 미들턴이 집필한 《요크셔 비극》 외에는 소실되었음)

1606   《맥베스The Tragedy of Macbeth》(현존하는 텍스트에는 토머스 미들턴 이 추가한 장면이 포함되어 있음)

1606-1607 《안토니와 클레오파트라Antony and Cleoptra》

1608   《코리올레이너스The Tragedy of Coriolanus》

        《페리클레스Pericles, Prince of Tyre》(조지 윌킨스와 공저)

1610   《심벌린The Tragedy of Cymbeline》

1611   《겨울 이야기The Winter's Tale》

1611   《템페스트The Tempest》

1612-1613 《카르데니오Cardenio》(존 플레처와 공저, 루이스 시어볼드의 《이중기 만Double Falsehood》이라는 제목으로 나중에 개작된 판본으로만 남아 있음)

1613   《헨리 8세Henly VIII : All Is True》

1613-1614 《두 귀족 친척Two Noble Kinsmen》(존 플레처와 공저)